# 文学的畸人

[日] 田部隆次 编
侍桁 译
[日] 小泉八云 Koizumi Yakumo
上海文艺出版社

# 凡例

一、本书按商务印书馆《文学的畸人》（1934年初版）修订，原版为繁体，现改为规范简化汉字，篇目不做变动，补附录二。

二、侍桁译文年代尚早，部分名词与今译相殊，本书将人名、书名、地名等改为现今通译。

三、在保留侍桁译文风格的基础上，修订语病、错译及讹误。

小泉八云

# 译者小引

这书是一九二八年十一月由东京北星堂出版的,编者是讲演者的学生,名田部隆次(R. TANABÉ),他在原书的前面写着这么一段话:

这下面的两篇讲演的课程是小泉八云(Lafcadio Hearn)先生讲给东京帝国大学一八九九年毕业班英文学系的学生们的。

书中的十篇之八,是在这里第一次出版,另外的两篇《乔治·博罗》(*George Borrow*)与《托马斯·洛维尔·贝多斯》(*Thomas Lovell Beddoes*)曾印在约翰·厄斯金[1](John Erskine)教授编的《文学与人生》

---

[1] 约翰·厄斯金(1879—1951),美国教育家,哥伦比亚大学文学教授。

（*Life and Literature*）一书中。那篇附在书尾上的附录，是在几年后作为一篇论各种题目的特殊讲义而作的，现今收在《文学的解释》（*Interpretation of Literature*）一书中，也是约翰·厄斯金教授编的。

小泉八云很少论一个题目讲演两次，而《威廉·布莱克》（*William Blake*）便是这些很少的特例中之一。我们很愿意使读者们注意到，在这讨论同一题材的两篇演说里，风态是怎样地不同。

关于这书的成立便是如此。至于小泉氏在中国已是一个稍熟识的作家了，也不必再来介绍。拙译《西方文学论集》（北新版）一书，也是选的这作者稍长的八篇讲演，喜欢读小泉氏文章的人可以作为参考。

我初译了这些篇文章时，曾在《语丝》周刊上继续发表过，但其中的第九篇，被当时的编辑先生失落了，现有的是第二次的译文。

最后，关于这本书中目录下的两列大题目，我还得要来声明一句，那原文本是有着分别的："Strange Figures Of The Eighteenth Century"与"Curious Literary Figures Of The Nineteenth Century"，我在中文里寻不出适当直译的字句，只得简单译成"十八世纪文学的畸人"与"十九世纪文学的畸人"了。这一点要请读者的指正和原谅。

译者　侍桁<br>一九三〇年十月

# 目 录

### 十八世纪文学的畸人

005　威廉·布莱克（William Blake）

025　伯纳德·曼德维尔（Bernard De Mandeville）

037　伊拉斯谟斯·达尔文（Erasmus Darwin）

045　威廉·贝克福德（William Beckford）

057　克里斯托弗·斯马特（Christopher Smart）

## 十九世纪文学的畸人

069　乔治·博罗（George Borrow）

081　路易斯僧及恐怖与神秘派

　　　（Monk Lewis And The School Of Horror）

097　托马斯·洛维尔·贝多斯（Thomas Lovell Beddoes）

107　沃尔特·萨维奇·兰德（Walter Savage Landor）

115　托马斯·洛夫·皮科克（Thomas Love Peacock）

122　附录一　布莱克——第一个英国神秘学家

　　　　　　（Black—The First English Mystic）

154　附录二　专有名词翻译对照表

十八世纪文学的畸人

威廉·布莱克

每一件有信仰的事
可能便是
真理的一种意象

# 威廉·布莱克
(William Blake)

在十八世纪伟大的文学家中不下四个人是疯狂的。其中一个,在他的全生涯中是完全地疯狂,另外的人们只在不规则的间隔中疯狂。他们中的两人只在心灵健康状态的时候完成作品,另外的两人则在精神错乱时创作出他们极好的作品。在"特殊讲义"的一学课里,这四个人全都值得讲论,但是关于斯威夫特(Swift)我无需多告诉你们。关于他,你们应当知道的,大概都已经读过了。另一个人物,珂波尔(Cowper),我相信你们已充分与他熟识了。布莱克与斯马特两个人的情形便有所不同了。就算在英国,关于这两个奇异的人的研究也是较新的,并且这两个人最好的作品只在最近才能以便宜的版本达及一般读书界。

布莱克,作为一个诗人,在经历长久地被忘却的时期后才复生——主要因为他被当作一个艺术家与一个画家所展现的特殊才干引起人们新的认识。斯马特的复生是比布莱克更为新近的事。布莱克的复生大部分是因为那英国拉斐尔前派（Pre-Raphaelite）画家爱慕他的艺术产品，这强烈的兴趣所惹起来的。斯马特的复生全部是缘于已故的伟大诗人罗伯特·布朗宁（Robert Browning）的热狂，关于可怜的斯马特值得人们记住的那篇独特的创造，他曾写了一篇诗文，布朗宁的诗的论题我们转来再谈，现今我们先说布莱克。

威廉·布莱克生于一七五七年，约在次一世纪的第一季收尾死了——我相信，是在一八二三年[1]——一个生活到极老的人。他是一个买卖人的儿子——平庸境遇的小城市商人，这些人的财富不足以供给他们的儿子受大学教育，但是供给他做了一个雕刻师的学徒，因为这个儿童在绘画上显示出特殊的才干。最初他是希望学习绘画，但是当这位青年人知道了这样的教育需要很多金钱时，他极高贵地告诉他的父母，只为他而出这样的浪费，对于他的兄弟姊妹们而言是不公平的。所以他自己满足于学习着一门手艺，并且在那方面他做得极精练。在雕刻上工作了数年之后，他自身落在与一个姑娘结婚的境况里，所有的情热与志望

---

[1] 威廉·布莱克逝世于一八二七年。

都寄托在那位女人身上。在他的工作上，她能够帮助他。最后他舍弃了普通的雕刻师工作，而开始作书——诗歌、寓言、神秘的梦想，所有的这些是惊人地被他自己加以绘图，有些时候只用黑与白两色，更时常地是用奇异的彩色。他发明出一种新类的水彩画，但是有许多绘图是用手着色的。艺术家们与一些文学者曾意识到这些书籍是多么美丽多么惊奇，但是一般大众并不购买它们。布莱克到底怎样能够生活？那是一个大谜。虽有这些一切失望，无论如何，他活着而且工作着直到七十岁——身后遗下一百种以上的册卷，惊奇地插画了的，全都没有付印。他的妻子比他多活了些时候，但不幸的是她把这些书籍托付给一个牧师，而他相信布莱克是一个危险的思想者。他读了这些书籍，很被他在书里寻到的一些思想所震惊，于是为了防止它们腐化基督信徒们的心灵，他决定必要毁坏它们。因此这位可怜的热狂者费了两天去烧布莱克的书籍。对于艺术的损失，可以从这种事实来判断，现在遗留给我们的布莱克的少许作品——保存在英国博物馆里——值数万镑。同时在他生涯中所出版了的任何一本书籍，那买价只有一个富人才能付得起。

布莱克的艺术作品我们无需再多占时间了，我们必须只论这人与他的诗。这种诗，在它出产的当时，与英国文学中的其他任何作品都不相同，并且就是今天，仍在它的同类中几乎是无比的。它们中的精粹你们几乎可以在任何好诗文选集中寻到——我设想你们必然曾读过他的一些断片，例如那有名的《虎》（*The Tyger*），这是在英语通行世界的每个角落，儿童们都暗诵得过来的。在那种场合，你们必曾注意到这些诗是多么惊人地单纯，但它们仍然在心灵里遗留下一种奇异的欢快。但是你们在诗文选集中所易于见到的布莱克的那些诗，是不能一般地代表作为思想家的这个人的文艺的特异。他的诗中有一些是绝对地不可理解。没有人曾能够解释它们，并且十之八九没有人曾想要从事解释。这种理由大概是，布莱克，在他的全生涯中是疯狂的。但他的疯狂，属于极温和一类的，并且只显现在他少数的诗中。那一部分是一种宗教的疯狂；另一部分，无疑地，是一种遗传。在他的全部生涯，他看得见周围的每一种幽灵，清楚得就如同它们是活人一般。当他只有四岁的时候，他看见上帝从一个窗口看着他；童年时，他到野地间去游玩，他看见天使们坐在树上，小妖精们在道边候着他。他相信他生涯中的每一种行为都是被精灵们感应了的；并且就是在死床上他还说，他所歌奏的诗全是天使与精灵们诵读给他的。有一种事实可以部分地说明这种心灵的特殊情况，便是布莱克的家族曾是史威登堡

(Swedenborg)教条的热心追随者,并且史威登堡主义是这个儿童的心灵最初发展的特殊媒介。但是我们在找得到这类想象力的地方,时常寻到它与睿悟的特殊才干相联络着。在布莱克的这种场合,我们有了这种力的最奇异的例子。他还是一个儿童的时候,有一天他的父亲领他到一个有名的雕刻家黎朗子(Rylands)的家里去,这个孩子说道:"父亲,我不喜欢那个人的面孔,他看着好像一个定命被绞死的人。"十二年后黎朗子因为一种重大的犯罪而受审判了,定了罪,被绞杀死。像布莱克领有的这样的一个心灵,就是在宗教的园地中,若没有看到他的同时代的人所梦想不到的东西,那才确实是奇异的呢。并且像这样的知觉作用在他的诗文中是不缺少的。例如,下面这超群的几行诗,题名为《普遍的人性》(*Universal Humanity*),你们认为怎样:

当那种子热心地守望着它的花与果而等候着,
它的小灵魂不安地窥进明晰的苍穹,
看是否饥饿的风与它们不可见的阵列已经展开;
同样那"人"便从树、草、鱼、鸟,与兽中出来窥看,
收集着他不朽的体干散撒着的部分,

作成那有生长力的万物的原形。

痛苦地他叹息,痛苦地他劳动在他的宇宙里;
鸟瞰着深渊在悲叹,狼俯着被害者在吼叫
以及那家畜那风的怨鸣。

凡是一棵草生长或是一片叶子发芽的处所
便看见、听见、感觉到"永恒的人"
与他所有的哀愁,直到他再返到古老的幸福。

　　与布莱克同时代的人们关于这样的诗节是怎样想呢?定然他们想这首诗是疯狂的。无论是否被疯狂所感应,它们所表现的思想在今天必不被认作是疯狂了。这甚至是十九世纪哲学"论所有的生命是一体"的常套语,并且这诗中没有东西是东洋哲学的学生所不熟识的。

　　但是我们不能总是在这样的高度上看待布莱克。他的普通的形式是如此单纯——甚至单纯到欺骗的限度。我的这种意思,你们可以从《经验的歌》(*Songs of Experience*)中选出来的一例最好地理解。

## 一个失掉了的小儿童

"没有东西爱旁的像爱它自己,
  或是同样地尊敬旁的,
或者知道一个比它自己更伟大的
  在思想上是不可能的。

"父亲,我怎能更多地爱你
  或是我的任何兄弟?
我爱你像那在门边
  啄食着碎屑的小鸟。"

牧师坐在一旁听见了这儿童;
  在战栗着的热意中他捉住了他的头发,
他拽着他的小衣服领着他,
  所有的人们全赞羡这僧人的尽职。

高高地站在祭坛上,他说:
  "看哪,这里是怎样的一个恶魔!
他指示出理论来判断
  关于我们的最神圣的神秘。"

哭泣着的儿童不能被人们听见，

　　哭泣着的父母徒自悲啼；

他们剥裸到他的小衫，

　　并且把他缚在铁索链中，

于是焚烧他于神圣的场地

　　在那里许多人们曾被烧毁：

哭泣着的父母徒自悲啼。

　　这样的事情曾行在阿尔比安[1]的岸边？

当然，诗人简单地说着"异端审问所"的故事——儿童同他父亲的说话代表人类说向宇宙的父亲。在这些动人的诗节里有一种极深的情感的真理。除去一切"异端审问所"历史的不重要的叙述，那些男女与儿童们因为不信那无法相信的而被焚烧的残暴，确实是在这些诗行中比在一本宏大历史书中更强有力地显示出来。另外，更熟识的例子——关于布莱克单纯的深厚，每一个人必要知道。它取了所有诗最单纯的形象——母亲摇着她的婴儿使他睡寝的歌。

---

1　阿尔比安（Albion）者即不列颠（Great Britain）。

### 摇篮歌

睡呀，睡呀，光辉的美丽，
梦在夜的欢快里；
睡呀，睡呀；在你的寝睡中
小小的哀愁坐而微泣。

甜蜜的婴儿，在你的脸里，
轻软的希望我能寻迹，
秘密的欢快与秘密的微笑，
小小美丽的婴儿的奸计。

我抚着你最柔软的四肢，
那像是清晨的微笑，偷过
你的颊上，与你的胸脯
那里你小小的心儿在停留。

啊，狡猾的奸计匍匐在
你的小小沉睡的心怀！
当你的小心儿醒了，
于是那可怕的光线将要破开。

这是什么？在实体上它很像日本谚语"不知是神仙，不看是乐园"同样的思想。这篇东西的力量是收住在最后两行的诗节中。当儿童的心与灵觉醒于人生的现实时，于是产生了所有关于情欲、失意、悔恨与恐惧的痛苦——那种真理的可怕光线即：所有的欢快是哀愁之源，在这世间中是不能有纯然的幸福的。大概在初读时你们不会多想这首诗，但是在你们每次重复读它的时候，你们对它将是欢喜的。这些小句子是多么无修饰地美丽呀！我几乎无需告诉你们。形容词"狡猾的"是用为"抚爱的"意义，一个母亲用它是说儿童的智慧的最初迷人的症候。

布莱克在一种极神秘的径路中感到宇宙的哀愁与神秘，并且他曾不止在几首相似描写的诗中表现他关于人生空洞的观念。一个好例是他的《梦之乡》(*Land of Dreams*)。

> 醒啊，醒啊，我的小孩！
> 你曾是你母亲仅有的欢快。
> 为什么在你温和的睡眠中你哭啼？
> 醒啊！你的父亲是在守护着你。

儿童做了一个梦，使他在睡眠中哭泣了；父亲唤醒他，告诉他不要害怕。因为在第二行中用了过去式动词，我们知道母亲已经死了。事实上，儿童正在梦着他死了的母亲。

> 啊，梦之乡是何种的土地？
> 什么是它的山，什么是它的泉？
> 啊，父亲！那里我看见了我的母亲，
> 傍着净明的水在百合花丛。

大概是天国的百合——但这暗示只是儿童看见了生长百合花的天国的图画。父亲安慰他并且同他谈话——告诉他，自己也曾有过这样一个美丽乡土的梦，但是只能遥远地望着它。儿童答道：

> 父亲，啊，父亲！我们做什么在这里，
> 在这无信仰与恐惧的土地？
> 那梦之乡是更多地美好，
> 在晨星的光明的上边。

对于布莱克的自身仿佛总是这样的，他生活在梦乡里，并且以同一的轻蔑怜悯现实——或者至少是世俗人所谓的现实——正如一个真实的僧人怜悯着生存的虚荣一样。所以十八世纪的诗，蒲伯（Pope）派与格雷（Gray）派的观念、形式与规则,丝毫没有影响他。他只注重能够表现自身真理的形式。这也便是为什么能给予他纤脆的诗歌以这样的价值与薰香——这种诗歌颇使人想到野花。他稀少地提起他的时代的任何诗人与诗章。但无论如何关于那些诗,他的意见曾一度地表现过,并且是以一个大作家的风姿表现出来的。他关于自己的时代的诗所说的话,也可以具有同样的真理说向十九世纪最后十年的英国诗。在这篇提出的抗议里他所取的是怎样不同的调子——

### 给神诗

无论是在艾达[1]的阴暗的额上,
　　或是在东方的寝室中,
太阳的寝室,那现今
　　古代的美调已经停声;

无论是在天中,你漂荡的佳人,
　　或是地上的碧绿的角隅,
或是空中蔚蓝的境界,
　　那里美调的风曾经生长;

---

1　艾达(Ida),山名。

无论你徘徊在结晶的石上，

　　在海的胸怀下，

漂泊在许多珊瑚丛中，

　　美丽的九位诗神，弃舍着诗歌；

你曾怎样离开了古代的爱

　　那使你欢快的古歌者！

沉钝的琴弦几乎已不再动，

　　音浪是勉强的，调子是稀少！

这里我们有了这位诗人对于十八世纪古典诗的空洞与不自然的荒芜的观察。以布莱克的意见，诗神们已经不再感应它，他们在一些地方藏起了自身，充足的韵文是有的，但没有诗的精神了，这对于布莱克仿佛是一件极严重的事。在他的一篇断片中，我们寻到下面的奇异的观察："诗给人类缚上枷械。国家是毁坏了或是丰盛了，与她们的诗歌、绘画、音乐是毁坏了或是丰盛了成为比例。"大概这不是确实地真实，但它包含着很多社会学的真理，所以我想赫伯特·斯宾塞（Herbert Spencer）先生会在它的里面寻到很多可以注解的。

无论如何，布莱克不是在那些跟随伊丽莎白时代的大作家们所研究的诗歌体裁中显示出他的自身——我是说那题名为《诗的小品》（*Poetical Sketches*）的作品，因为在这里形式常常被认为比思想更重要。而宁可说是在那两卷名为《天真的歌》与《经验的歌》中显现自身。这些书，顺序地取用人生的欢快与黑暗两面，具有最大的价值，因为在这里神秘与哲学要素占着优势。就是在如同《一个失掉了的小姑娘》（*The Little Girl Lost*）这样一篇奇异的光辉与纤巧的东西里，我们仍有一种意义：布莱克只是玩弄中世纪的美丽的迷信，即一个处女是不会被一只狮子或一只老虎毁坏的。所有的迷信，或是几乎近于所有，无论是包含着或是暗示着某种真理的胚胎，布莱克会特别迅速地鉴识到这样的一种胚胎，而且发展它。那胚胎当然是以天真的价值作为一种护佑的——不是肉体的而是精神的。在这些小集中，每一种琐碎，无论可解的或是不可解的，至少总是惊人的。它们中没有十八世纪的任何质份。请看看这篇：

### 苍蝇

小小的苍蝇，
你夏日的玩游
我无心的手

擦损了你的生命。

我不是像你一样
一个苍蝇?
你不是似我一般
一个人?

因为我跳舞,
饮酒而且歌唱,
直到一个盲目的手
将擦掉我的翅膀。

假若思想是生命,
是呼吸,是力量,
那么思想的缺少
便是死亡。

所以我总是
一个快乐的苍蝇,
假若我是生
或者假若我是死。

就连丁尼生（Tennyson）又怎能以更少的字句表示出更多的意义呢？——并且丁尼生只有在他最轻妙的时候，才有布莱克把握琐碎的这种力量。一个善心的人不留意地杀死一个苍蝇，于是这首诗体现出这事件所引起的思想：正如同他不留心地杀了苍蝇，同样有一天他自己将被"盲目的手"突然地击毁，并且在死的面前，一个人比苍蝇更能好些么？这全要靠着这问题——是否思想是生命。假若思想是生命，假若心灵是不朽的，那么一个人无须关心他的身体。但是还有着这个"假若"呢。

我给了你们这么多的例子，只是希望觉醒你们对于布莱克的好奇心。在未离开他之前，只有关于他的超群的散文诗还要说一些话。这些作品的非常宏大的部分曾被毁坏了，所以我们有的只是些断片。这些断片的主要部分以《预言的书》（*The Prophetic Books*）题名而为一般人所知。这些作品极其有趣，极其奇异——虽然不总是可解释的。除了说布莱克是十八世纪的沃尔特·惠特曼（Walt Whitman），我不知怎样更好地形容它们的文体了。像那位美国人一般地，在这些诗文中他不注重所有严格的规则，虽然他把这些诗文分成为几乎相等长短的行句，且具有不规则的隔离的长段。他的灵感来源，仿佛一部分来自于

《圣经》，一部分来自于《奥先》[1]。《预言的书》描写人物多像《旧约·创世纪》中的僧正（patriarchs），但是更怕人了。这些故事被设想为显示作者对于善与恶之间的斗争的观念——在这个世界中的与在宇宙彼方的。有些时候这些诗文显示出一种极高级的抒情美；有些时候它们狞恶并且确实是以它们粗暴的力使人惊呆；有些时候，奇异极了，它们走近卑猥的边上。但它们总是值得一读的——如下面的诗可以显示出来：

> 于是年老的蒂力尔站着说道："雷睡在哪里？
> 哪里他隐藏着他的怕人的头？和他的迅速的凶暴的女儿们，
> 哪里她们隐覆着凶暴的翅翼与头发的恐怖？
> 地球，这样我踏着你的胸怀！把地震从他的洞穴激起，
> 经过裂开的大地抬起了他黑暗的燃烧着的面孔，
> 用他的双肩冲震着这些城砦。"

在这些较长的之外，有很多充满奇异美与神秘的断片

---

[1] 奥先（Ossian），爱尔兰传说中三世纪的英雄和游吟诗人。

作品，但想举出所有的例子是十分不可能的。无论怎样，关于许多事情的意义，读者必须要从他自己的内心判断。时时很难于寻出布莱克所说的，是否是他确实想要说的真理——因为他给他许多作品的题目，隐藏、遮蔽了自己的情感。举一个例看，《地狱之谚》(*Proverbs of Hell*)——这个标题含意着作者以为这谚语是误谬的么？我实在不能说——因为它们仿佛时常说出优越的真理。这里是证例——

>一个呆子看不见聪明人所见的同一棵树。
>鸟筑巢，蜘蛛织网，人结友情。
>现在证实了的从前只不过一度是幻想。
>停滞着的水预期着毒药。
>激怒的虎比受训练的马更聪慧（假若这句话的意思是说人从恐惧与哀愁中比任何种教训都能更快地学得生活的方法，那它是极真实的）。
>当鹰屈服地学习鸡鸣它总不会失掉很多的时间。
>每一件有信仰的事可能便是真理的一种意象。

以这些引来的词句我们可以收尾了。所有我希望做的是使你们对这位奇人的作品发生兴趣，在他儿童的明白的单纯下，时常隐藏起一个神仙的智慧。

伯纳德·曼德维尔

一个没有恶的世界
不能算是一个善的世界
而是一个虚无的世界

# 伯纳德·曼德维尔
（Bernard De Mandeville）

在这样的世界里，有一件事你们必须要预期着，便是假若你们有一种新思想，而敢以任何公开的方法把它宣布出来，你几乎总是要受一般的非难。并且你所受的这种非难的分量，与你的思想重要性和你的表达能力成为正比例。当然，假若你的思想只是些少数的学者所能了解的一种，大概你将要被人们遗弃了。假若你有一种任何人都能完整理解的新思想，那时除非你是一个极富有而独立的人，否则你会因为敢于公布它而牺牲很重大的代价。并且关于这一点，那些了解你而肯容纳你的思想的小部分智慧的人们，也将一点都不能帮助你。大概在不知不觉间你会惹恼社会中的大保守党——他们对于新的一切总是有些装聋作哑，并且他们将对你一点道理也不讲。所以泄露出一种新鲜的见解，就是在世界上极开明的国家里，也不是需要少许的道德的胆量。

在这位奇异的人的性格中，道德的胆量大概确实是唯一能诱惑我们的特质，他的名字也便是我们这篇短讲演的题目。你们可以观察出这个名字并不是英文的，实在曼德维尔也不是一个英国人。他是一个荷兰的医生，在快到十七世纪末的时候，他移居到英国，十八世纪初在那里他使自己的名声非常高涨了。他生死的年代据说是从一六七〇到一七三三年。他虽然行着医生的职业，而他仿佛曾是一个极粗糙暴躁的人；但是所有关于他的记事都是那些极端怒恼他的思想的人们写的，所以我们可以假设他曾受了无数诽谤。无论怎么说，因为两种理由，他在英文学中占有极显著的地位。第一，他曾对于当时的道德运动表现出一种反抗，或者更确切地说是反抗了十八世纪主要的道德哲学。第二种理由是，虽然在他大部分的生涯中，他在英国被道德的人们公开地责骂过，他的书籍曾被普通绞刑吏公然地焚毁，但是他的舆论在后来影响了英国的道德家与思想家。在这一百多年中，简直一提起他的名字就要使人感到不好的兴趣，但是就连那些无论在任何知识上都不相信他的人们，也承受着他的观念而利用它们了。虽然他的作品在我们的今天还没有编纂，但是最近的将来怕是极有可能吧，并且我们现代的思想家们对于他也仿佛更和善了。

布朗宁曾把他作为一篇诗的主题。他在那个时代的所行所言是应当值得这位诗人的权威注意的，因为这位诗人曾是道德思想家中的最宽大者。

曼德维尔第一次得到人们的注目，是因为他用诗写作了一部惊人的政治宣传小册，为防护那恶名声的约翰·丘吉尔（John Churchill）——即马尔博罗公爵（Duke of Marlborough），他曾是英国政治家中最有手腕的人，同时也是最腐败的。他可以同样地奉仕詹姆斯王与威廉王——要看他的利益是在哪方面了，可是他把两方都欺骗了。当他为他的国家战得了大胜利的时候，他也奸巧地同那些曾与他战争的人们续行了密计。他的历史是非常特殊的，我愿劝你们在麦考利（Macaulay）的《英国史》（*History of England*）里读些关于他的事。在这里关于约翰·丘吉尔不用多说了，只是当国王与公众知道了他的密策，知道了他的奸计，而仍然他们无力超过某一点去同他争吵，因为他能替他们在战争中保全声誉，这是其他任何人所不能做到的。你们若是能到法国北部去，我想你们一定还能听见乡间人仍在唱一首关于马尔博罗的名歌。他遗留下一个极好同时也是极坏的巨大的名声。

正当英国的公众都最愤怒丘吉尔的时候，曼德维尔出版了他那八音节诗的小册子，题名为《吵嚷的蜂巢；或是，变忠实了的无赖徒》(*The Grumbling Hive; or, Knaves Turned Honest*)。作者为着他的寓言的题目，取了一窝蜂，作为人类工业社会的表现。他试验着想证明人类的名誉热，自私，胜利的渴望，奸计——实际上凡是丘吉尔所被人们责骂的种种，都不是真实的危险，反而对社会有真实的益处。做伟大的事情若是没有诱引，将没有人愿意做它们了。"爱财"可以挑拨人们做坏事，但是它也可以刺激人们为他们的国家做好事。并且在一个有极伟大才干的人物的场合，把一个民族的运命都托属于他，他绝不可能巧妙地毁了他的国家而对于自身无损，或者他也绝不可能得能得到任何大的利益而竟不利益他的国家。怕一个政治家，因为他腐败，因为他爱钱，因为他预备要做不道德的事，这是愚傻的——仅有的问题是，是否他真正有伟大的才干。这些是曼德维尔粗糙地表白在他的寓言中的思想，里边有着某一种真理，那已经被时间证明为有价值了。现今，这些思想已被最近工业的经验更大地扩张了。一个人富有广大的智能，能够毁坏数万人以使自身富裕，无论他有多么坏，不必然是社会的一个破坏者。他不能只曳倒而不再建设。他不能只扩展自己的财源而不充分利益他的国家。美国的铁路大欺诈，在一个世纪前曾产生了很多的丑闻，供给了这种真理一个好例。毫无疑问大错已铸成，但是那个创下了坏事的人仍然比他所毁坏的更大地利益了国家。在毁坏之后他更建设了，现存在的美国铁路大系，不少有负于他的天才。当然，曼德维尔未曾有过像我们今日那样得知社会学的便利。这种科学在当时还没有产生呢。他是像在暗中摸索着某件物体而只能蒙眬地布置的一个人。他漠然地感到真理，但是他只能说出半真理来。他的大部分意见是能够被强力地批判的，因为它们未完整地表现出来。但是一个人不能太按着文句解释曼德维尔，当我们从他的字句的背面理解了他的思想后，我们能最好地鉴赏他。

经过了十年的距隔，在一七一四年，曼德维尔重印了他的诗，改了一个新名《蜂的寓言；或是，私恶与公利》（*The Fable of Bees*；*or Private vices*, *Public Benefits*）。这一次这本诗被扩展了，并且附上一长篇关于罪恶与道德的散文论文。最初这本书只是引起些偶然的注意，但它被人看成是对于伦理的非常的侮辱，以致它被米德尔塞克斯（Middlesex）的大陪审官处置没收了。不只是它被没收，曼德维尔自身也被判断为是当时最有毒害的作家。几乎每一个重要的神学者都攻击他——就连伟大的伯克利（Berkeley）都想，回应他是必要的。但是他却不怕，勇敢地守住他的阵地——一版随着一版印出他的作品——每一次都增加它，并且使它对于正教的趣味更加有所反恶。说来也很奇异，约翰逊博士（Dr. Johnson）却给了这本书一个公评。他指示出书中某种误谬的理论，但是他又确实地说，曼德维尔曾使他对于真理睁开了眼，这样的真理是他以前从未看到过的。这是约翰逊公正的一个最特殊的证例。大多数时候他是不公正的。

当我们走进像以下书中的文句时，我们觉得之所以经过一世纪，人们还总对曼德维尔怒恼着，那仿佛是没有什么可奇异的了，人们时常不叫他"Mandeville"，而叫它是"Man-Devil"（人魔）。"在世界中所有我们所谓的恶——道德的以及自然的——便是造成我们为社会动物的大原则，它是坚固的基础，没有例外地它是所有真理的光与助力。凡是被叫为恶的便是公众的利益。道德的冲动或是行动的发源之间是没有分别的。无论什么在它的本立场上讲全是自然的、合法的，并且对于一切的放任，也便最好地保持了一般的幸福。对于私恶的任何遏止都是篡夺。"自从它拒绝了人类道德体验的全部价值，你们自己也可以看出这并不是好的理论了。曼德维尔并不是一个好的理论者。他只是把自己粗糙的意见拿去付印了，并不试验着使其成为一个真正连贯和逻辑完整的整体，而是具有这样一个目的——要恶狠地反驳那些他所轻蔑的意见的接受者。假若你对他说，社会只有抑制住人们的热狂与恶德才能存在，他必勇敢地答复你道:"正是相反,因为人们的热狂与恶德,社会才存在的——是这些使人们集成一个社会,这样才可以得到放纵。"这答话以它的怪诞使人惊讶而气愤,但是它能强迫着你思想,并且在想了很久之后,你将觉得曼德维尔并不像最初那般怪诞了。不过你若更进一步想,便能发现在他的错误里有一个真理的核心。他的一般的误谬在很早的时候便被约翰逊指示出来了——也就是说,他把愉悦与恶德混合了。现在你们若是把他的意见解成这样:人类是因为求得种种不同的愉悦所以集在一起的——他关于社会的本原的观念将一点不觉得愚蠢了。事实是,曼德维尔是在攻击禁欲主义的精神——即一切感觉的放任为恶德。所以当曼德维尔扭转着说人类的社会是建设在自然的情热与欲望的放纵之上,他并没有十分误谬。但是在火热的论战之中,他把宣言书写得远过于这样了。他说,肉欲、盗窃、野心、拐骗与所有的大恶德——真实的恶德——是对社会有用的,并且必须把它们看成是公众的利益。放纵那我们所谓的恶情热,不但不把他们放在监狱里,还应当把这样的人们看成是公众的利益者与社会的救助者。于是这个世界恼怒地吼叫起来了。曼德维尔不只是一个傻瓜——他是一个恶汉,是一个野兽,是一个不适宜生存于文明中心的动物。但是约翰逊仍有那样的胆量说:"那个人使我对于伟大的真理睁开了眼。"

这真理是什么呢？曼德维尔自己从来没有那样的天才用善良的形态把它述说出来；约翰逊又保持着他的聪慧给他自己了。大概直到布朗宁才把这种真理充分地表现在他写给曼德维尔的幽灵的诗里。是这样的——世界里美善的发展，是极大地有赖于恶德的发展。这两种东西像光与影一般地不能分开。若是没有影，光就连显现物件的力量都将不足。并且在一个世界里想自由地没有影地走着是不可能的，同样地一个没有恶的世界不能算是一个善的世界，而是一个虚无的世界。曼德维尔发现到，恶德与错误就像痛苦的容受，更是不能压抑。我们所有人都不想知道痛苦，但生命的简单的要件，便是快乐与痛苦不能分开。你不能有一个而不要另一个，假若你不想得到哪一个，最终两者你必都不能得了。

但是曼德维尔比较这个更看深了一层。他不只能看出恶德与误谬在这不完整的世界里是不可避免的，更看出它们对于社会是有利的。他屈邪地看了，他倒置地看了，有些时候他用最无意义的方法表示出他的认识——但是他看见了一种伟大的真理，进化论新哲学超越曼德维尔自身所希望的部分并进一步发展了。那种真理是：正如体质与心灵的进化是痛苦的结果，同样，道德的进化是恶德、残忍与不公平所产生的痛苦的结果。是因为永久不变地反抗这些东西的结果——是因为忍受着这些东西所致成的痛苦——人性才增强了它高贵与不自私的一面。恶德对于社会是有用的，并且在这样的意义讲，对于社会上的每一个人——它们是必须越过的阻碍。不必须于努力的地方，力便不能存生。在这世界里若没有错误，实际上便一定也将没有正当。这仍是光与影、快乐与痛苦的问题。曼德维尔极其模糊地看到了这种道理，只是因为他能这样看见，所以他在十八世纪里享受了一个粗暴、坚强的思想家的荣誉。

伊拉斯谟斯·达尔文

一个动物的形状或是一棵树的形状
绝不能解释为上帝的创造
而是一种影响的结果

# 伊拉斯谟斯·达尔文
（Erasmus Darwin）

二三十年以前，伊拉斯谟斯·达尔文这个名字，几乎被人们忘了。若不是因为他的孙子查尔斯·达尔文（Charles Darwin）的伟大声誉，与我们现代的某些发现，他的名声仍不能复活起来。但伊拉斯谟斯·达尔文确实是十八世纪中最伟大的思想家之一。他太伟大了，以致直到现代我们才能理解他。他不似曼德维尔及其他的思想家，肯招惹他们时代的信仰与私见。达尔文没得罪过人，但也就是因为这种原因，所以当时很少人能够理解他的思想。确实也有许多人以为他是个伟大的诗人和批评家，在这一点，那些人们曾是错了。大概没有人曾想到他是一个值得列在艾萨克·牛顿（Isaac Newton）爵士左右的科学家。然而，这才是他真实的地位。

伊拉斯谟斯·达尔文生于一七三一年，他的家族在早年的时候曾迁移到利奇菲尔德（Lichfield）市邑，此处是因为它的中央大会堂而闻名，同时也因为约翰逊博士的故居——他以先曾属于这里。达尔文成为了一个乡村医生，并且是利奇菲尔德里最好的医生，同时约翰逊正居住在伦敦。这两个人很奇异地彼此有相像的地方。达尔文与约翰逊一样体格很大，外貌很拙劣，并且生得一脸黑斑。他独断的态度也与约翰逊相似。他与约翰逊也一样是一个很优秀的古典学者，喜欢文学。他也与约翰逊一样聚集了一个文人团体——艺术家、诗人与哲学者——他们把他看作头目，最终称他为"利奇菲尔德的约翰逊"。这两个人总没有遇见过，他们互相地讨厌。达尔文想他自己是与约翰逊同样好的一个人，一个学者，而约翰逊对于他一点也不注意——简直没有提过他的名字，所以自然使他很不愉快。同时约翰逊这一边呢，觉得达尔文正好是他自身的一个活的讽刺画，每听到"利奇菲尔德的约翰逊"这种称号，他算是烦恼到极点了。这两个人没有相遇大概是很好，因为他们见面一定会争吵的。两个都是很伟大很好的人，但若是只从智力的伟大这一点看起来，达尔文比约翰逊优越得多。他很少有私见，一切传统的信仰都不能限制住他对于科学研究的兴趣。正是因为他的这种研究，他显示出比他的时代的同龄人更有远见。

但是他的作品几乎没有人察觉。他的第一部作品是一卷散文，在一七九四年出版，题名为《动物法则》（Zoonomia），在这本书里他试验着以那在动物生活里所显示的，而解释自然律。世人对于这本书的不注意，也一点不能烦扰达尔文。他只是为几个精选的人写的，他自己的小团体里对于他的褒奖使他很满足。至于他的原理，他很能让它们随着时间的进展而成熟。但是有一个时候他发现到，假若这些原理罩以韵文的外形，比以干燥的论文写出来，必能更诱动一般人们对于这样作品的兴趣。于是他请求一位青年妇人——她是他们利奇菲尔德团体中的，名为安娜·苏厄德（Anna Seward）——把他的这些新定理，照着蒲伯的那种形式，写成为美丽的古典诗。他供给科学的草稿，她把它作成诗文。这部书的题名是要定为《植物的爱》（The Loves of Plants），但苏厄德女士只给他作了一篇短序，再不愿更多地作下去，大概是因为她觉得达尔文的那些植物的定理，不是一位极谨慎的太太所应当出头干预的。它的题材只是论植物，但是关于两性的——里边包含着许多词的用法，只有那些专门研究的学者才被允许自由地使用。达尔文很尊重她的谨慎，自己动手做了全部的工作。于是产生出了一部惊人的诗《植物园》（The Botanic Garden）——它是一首用完整的古典外形写成的诗,但是它用了过多的隐喻,意象也过于混乱,所以有人说它把古典诗污毁了。这本书出现后——一七七九年出版的,没有人再敢照着蒲伯的形式写作了。因此所有那些隐藏在这篇广漠的苦心诗文中的一切研究,自然也完全不能传于大众了,因为这篇作品几乎是不能读的。在达尔文后来的一生中,他什么也没有再发表,但是在一八〇二年他死后,在他的原稿中遗留下一首诗,题名为《自然的殿堂》(*The Temple of Nature*),是依着他的朋友们的希望而出版了。在这诗里他表现出那他用散文在《动物法则》里曾表现过的一些相同的定理。但是我们可以说这些出版物,离开了利奇菲尔德则引起了很少人的注意,在利奇菲尔德这位医生确实被崇拜着,他的死使人们真诚地长久地哀悼着他。

因为他孙子查尔斯·达尔文的发明,人们才回转看到十八世纪,再打开这位医生的陈腐的书籍——只为寻求事实,不为看诗。这些事实带有惊人的特色。人们从里边发现,所有查尔斯·达尔文的新发明,他的祖父确实几乎是全部先论着了,但只缺少一条:自然的选择。我们现今所拥有的达尔文主义的体系中,绝对地没有一条不是在许久以前在利奇菲尔德早已想过的了。实在的,这位善良的医生比他荣誉的孙子还预想了更多的定理与发明。举例说罢,他曾预想过原形质[1]（protoplasm）的发明。关于这个题目，他写出一些惊人的东西，例如他说所有的生命——动物或是植物，大概全是属于同一的自然，从同类的本质产生出来——或者可以借用他自己的话："一种同类活动的纤维。"假若我们能把"纤维"换以"细胞体"，我们将觉得这位医生完全不错了。事实上在一八七二年，雨果·冯·莫尔（Hugo Von Mohl）才发现了原形质。假若你们要想知道，达尔文在一个没有好的显微镜的当时，在一个化学尚没有发展起来的时代，是怎样接近了这种发现，我可以介绍给你们一篇赫胥黎（Huxley）的论文，题目是《生命的物质基础》（*The Physical Basis of Live*）。

并且达尔文曾反对基督教与希伯来人的那种"特别创造"的定理——我是说那种古旧的信仰，以为人与兽与植物所以能成为现在的这种形状，全是被上帝独创的。他主张一切生物全是从简单的形体所生长与发展出来，是有着证据的。他还说，一个动物的形状或是一棵树的形状，绝不能解释为上帝的创造，而是一种影响的结果，所有的生物经过了无数年代全是陈列在这种影响下。并且这样还不算完，他更进一步地接近了他孙子的定理，如他表明说：

---

[1] 原形质，现译为原生质。

"在一个人体的解剖里，有许多种特征可以指示出他从前的四足动物的姿势，并且可以看出他现在对于直立的姿势尚不完全适合。"他更发展他的思想说人类应是从猕猴类的一种变形进步来的，这其中借着一种偶然——或者现在我们可以叫作"自然的嬉戏"（sport of nature），对立的筋骨使手的拇指顶住其余的手指尖——这样可以使感觉的意识能有更精细的进化。查尔斯·达尔文曾更精琢地发展了这同样的思想。但是这位利奇菲尔德的医生只是借着一种观察的力与论理的优秀——甚至比他的孙子优秀得多——似乎把这一切都曾预知了。达尔文全家族的历史，在英国天才的记录里确实是极惊人的一个，高尔顿[1]（Galton）已经把这作为研究的题材了。这一家族的任何一分子，在智力上都与一般人有些不同。现在活着的代表者们，也都是有显著功绩的人。但我们仍要疑惑，在现今活着的这些人们中，是否有人能同样地发展到像这位利奇菲尔德的善良乡村医生一般优秀？他优秀的心灵超越了他的时代，只是到了现代我们才能完全了解他。

---

[1] 高尔顿（1822—1911），查尔斯·达尔文的表亲，开创了关于个体差异的研究。

威廉·贝克福德

你的迷幻的住居像你一般地孤寂
这里芜聚的杂草几乎不容一条通路
为曳荒芜,门庭大开

# 威廉·贝克福德
（William Beckford）

一个最怪异的人物，不只出现在英文学中，而且在欧洲生活中，是威廉·贝克福德。他属于一种仿佛在所有将来的文明中永不能再现的人类，因为工业与社会发展的倾向，拒绝了使贝克福德成为可能的那些境况了。他只是一个受到命运眷顾的私人绅士，他的生活比英国的任何大僧正都更华丽。《天方夜谭》中关于商人们对抗并且超越了巴格达的回回国王[1]的富华的那些故事，他重新实现了。在历史中很少有几个人能够像贝克福德一般，以壮丽与高贵阶级的奢侈力量诉诸最浪漫的幻想。历史上有无数的人们，他们的奢侈成为众所周知，但那些不是可尊敬的一类的奢华，能够使他们炫耀于世界。那些他们的回忆能真实眩惑

---

1 回回国王，即哈里发。

我们的，是梦想家们与诗人，他们以实现那些迷惑着他们的幻景与诗歌而度过了一生。大概在整个西方历史中，这一类的最高贵的人物是哈德良（Hardrian）皇帝。哈德良曾爱上了希腊艺术，希腊文明，希腊仪式与风俗，希腊文学与哲学——但希腊死了，她国际的生命也告了终结。哈德良说："然而我是世界的主人，在我的力量之中——假若那是人类的力量所能的——把希腊从她的坟墓中举出，复活她的艺术，再造她的社会组织，再建筑起来她的城市，把她的自由交还给她。"他确实是在实现着这种目的而度过了他的一生。希腊城市是再建了，希腊艺术是复活了，希腊风俗是重兴起来，希腊共和国是另新组织了，并且希腊自由也因为这一个人的希望而交还给她了。然而，上帝的愿望是比人的愿望更强壮的。你不能确实地复活起来一种死文明。哈德良所做出来的只是一种美丽的幻象，当这位伟大的皇帝的自身回到土中去的时候，这种幻象也便灰化了而归到土中去。

我重复地说，这是所有梦想家中最高贵的，并且确实再没有另一个人可以与他平衡了，无论是在古代或是现代。但是，既有伟大的王者，也有伟大的私人，他们以无限的财富与广大的教养献身于只是艺术梦想的满足。在我们的现代，有一位符腾堡（Würtemberg）王，他曾以音乐与艺术的奢华而使自身破产了。他是有一点疯狂了——但他是一位壮丽的疯狂者，并且他在音乐与戏剧的奇观形式上所施给的东西，我们的这一世纪是有负于他的。十八世纪贝克福德的力量，比十九世纪这位国王的力量更大——但世界少有负于他。因为贝克福德在梦想家的奇异阶级中几乎是独占的，可以把他们每一种梦想都实现。不像其他年代的对比者们，他只是为自己生活着——关于世界其余的一切都不过问，并且很少在任何社交场中显出他自己来。他的生活是极致光彩中的一种极致自私的生活——是丁尼生在《艺术的宫殿》（*The Palace of Art*）里的奇异幻想的真正地实现。

贝克福德生于一七六〇年，一直活到一八四四年，所以他的生涯是属于两个世纪的，几乎近于每一世纪的一半。他是巨大财富的后继者，这种财富是从西印度地方得来的，当时那个地方异常富饶。十万奴隶生产着输入品，从这里贝克福德的家族得着进款，比欧洲任何私人的都更多。从孩子时代贝克福德便生长在比王子还奢侈的华丽之中，并且小心地远离人生中每一种痛苦与不恰意的方式。他没有被送进任何学校去，在家里被欧洲最好的教师教育着。当他到了相当岁数的时候，他被送出去环游世界，并且他似一个皇帝的儿子般旅行着。陪伴着他的，不只是所有种类的无数仆人,还有教师、音乐家、医生与艺术家。凡是他所走到的地方,最好的东西都须为他得来,无论那值多少钱。他不只是这样旅行遍于欧洲,而且到了西印度与东方。他在东方国家的经验,激发了他想掌握波斯与阿拉伯两国文学的强烈欲望。只因为他的欲望,波斯与阿拉伯语言的教授为他而得到了,所以他成为了一个优秀的东洋学者,不只是一个东洋学者,而几乎是现代每一支系的艺术与文学的爱好者。他的兴趣全部属于高贵的一类,一般青年人追求的那些快乐他是不留意的,而只是消耗他的金钱买求特异的书籍,美丽的图画与雕像,稀有的货币与徽章,以及关于所有的一切稿本。大概没有人曾搜集了那么多有价值的书籍,并且一定是没有人——或是王——在当时曾领有那样的一个图书馆。只是因为书籍的搜集,当他巨大的图书馆分布在学者们的中间的时候,贝克福德使他自己在后来对于学问研究有了伟大的功效。

领受了他的财产后,他开始按着小说方向放任了他的艺术梦想。美丽的建筑对于他是一种情热,所以他佣雇了当代最精巧的建筑家,他进行着替自己造一座在英国从未看见过的皇宫,给它起了一个名字叫泉山寺(Fonthill Abbey)。为了使自己避免公众好奇心,他围绕着建筑,建设了十二英尺[1]高七英里[2]长的石墙。包含着一千九百英亩[3]地方的这座环围,布列出去似一个最有光彩的风景花园。但是这座花园的本身就是一个大大的奇迹。因为希望着快点把它告成,他佣雇了数千工人,夜晚像白日一样地工作。这座建筑物的一个特征,特别地注目,是一座巨大的塔,在周围的乡村之上眺望的界限达数十英里。贝克福德是塔的伟大的爱人,在他所有的屋宇中都采用那种形状。在《瓦塞克》(Vathek)的故事中你们也许记得那座肖像塔。总的来讲,泉山寺是有些像柯勒律治(Coleridge)幻想的忽必烈汗(Kubla Khan)的皇宫。但是贝克福德并不满足于泉山寺。在葡萄牙辛特拉(Cintra)城市的附近他选了一块堂皇的地址,又建筑了另一座皇宫,简直超越了他英国的住居。它也有一座塔。有一个故事,说那座塔曾几次被地震毁坏,并且每一次的再建全是价值相当的财产。还有许多惊异的奢华,是关于贝克福德的记录。不幸地,似一个建筑者,他不能建设永久。他的建筑曾是惊奇地美丽,但是它们不坚固,在贝克福德死之前,它们都变成了颓园。

到了他的后半生涯,他在西印度的利源开始倾下了,

---

[1] 1英尺约合0.3048米。
[2] 1英里约合1609.344米。
[3] 1英亩约合4046.86平方米。

贝克福德的财产也便与之相并了。于是他觉得有卖了他华丽的地产的必要，但是那些要买下它们的人们，也无能力尝试着维持那样的皇宫——那价格一定极高。所以它们只能被遗弃了毁坏着。泉山寺的颓园的相片，在英国现在仍是卖给旅行的人们。至于那座辛特拉皇宫，就是当拜伦（Byron）青年的时候，它已经变为荒芜了。拜伦在他的《恰尔德·哈洛尔德》（*Childe Havold's Pilgrimage*）曾描写过它：

你也是在那里哟，瓦塞克！英国最富的儿子，
一次曾造过你的天国。

你曾住在这里，曾履行过你的快乐的计划，
在远远的下边，是永远美丽的山额：
但是现在，好似一件不为人所幸的东西，
你的迷幻的住居像你一般地孤寂！
这里芜聚的杂草几乎不容一条通路，
为曳荒芜，门庭大开。

贝克福德很少出现于公众生活——除去曾当为伦敦市长的例外，这种地位——是特殊适合于最大财富的人。他

另没有其他爵位了，除去财富与教养外，也没有任何能得高贵阶级认可的资格，并且在当时财富与教养也不像我们今天被同样地看重。他在孤寂中，养成了些奢望。他希望以婚姻与王国中的最高贵的家族结合起来。他有两个女儿，她们都像公主一般被养育大了——每一个都有她自己单独的住居，仆役，教师，专门艺术与语言的指导人。她们必须与贵族结婚，这是她们父亲的希望，因此长女与一位公爵结婚了。他为那位最小的女儿也选择了一位公爵，但是这位姑娘是一位具有自我意志的，拒绝与她父母为她所选择的丈夫结婚。贝克福德立刻把她逐出家去，免了她的承继权。自从那时起，他简直拒绝承认她是自己的女儿，并且在他的遗嘱里一个铜钱都没有留给她。这种不幸的故事奇妙地显示出这个人心硬的一面。

现在我们走到"贝克福德与十八世纪文学的关系"这个题目上来。大概人们会假想，以为这样惊异地恩惠了的一个人，并且是一位书物的伟大的爱好者，无论对于学问方面，或是文艺的美方面，必能施给些极显著的东西于世界。但是他只给了一小本小说——《瓦塞克》与游南欧的一些旅行略记。这些作品在同类中是优秀的，它具有最精美的最可能苦心的推敲，至于讲到量便完全无意义了。无疑地，贝克福德定是想，对于文艺太苦工了有伤他的面目。

他的研究与趣味只是为他私目的满足而追求而耽溺，绝不是为大众。但必须要声明的是，《瓦塞克》是十八世纪所给了我们的，用纯粹古典文体写作的散文传奇中的最完整的一本。它最初是在一七八三年用法文写成的，把它当作法文作品看它是单纯地完整——是一篇法文学大家的文体的无疵的模仿。就是写成英文它仍是可羡慕地保持着法语形式的确当的优雅柔软，并且从这一点观察我倾向叫它为无匹敌的古典。确实，它比约翰逊的《王子出游记》（Rasselas）及其前任何简短的传奇都精美得多。斯特恩（Sterne）当然用英文再现了具有光泽与机智的轻飘法语的形式，但是我不知道英国传奇作家中有谁，曾像贝克福德所作的给我们一本关于古法文古典文体的完整模仿。像这样的作品，使我特别地想起了伏尔泰及其一派的短篇小说来。至于讲到概念，它简直比外形更独特。它实际上不是阿拉伯文学的模仿——而是被东方文学所暗示了的一些东西，但不是模仿来的。贝克福德的幻想完全是他自己的，他的传奇的结尾一章被普遍地认为是一篇极伟大的幻想绘图。贝克福德的地狱观念将永远生长在文学中：那是一种极强壮极独创的观念，我们只可以拿它与最伟大的诗人的宏大观念相比。这便是这位最幸运、最有教养、读书最多的英国人确实贡献于英语文学的全部了。若不是因为这一本书，他的名字与离心的事迹大概早就被忘记了。因为这本书，它们还将会被其他世纪的人们记住。

　　大概贝克福德这种情形，可以当为诅咒的最有力的实例了，那种诅咒在天下任何处仿佛都是钉给于奴隶制度的。既往的大奴隶的领有者们，曾有皇族的势力与国王的财富。凡是人性所能希望的，他们都有。他们不是愚笨或是软弱的人们，反而大多具有伟大的才干与特殊的教养。然而，他们没有给过世界一点可以提起的东西，大概除去只是一两篇文章，一篇短短的小说，间或是一篇政治演说。他们生存着的时代的那种制度，好像是把他们对于自己的，与对于国人的，所有的责任意识，完全从他们身上夺了去。我记得几个这一阶级的特殊的人——能够说二三十国语言之多，并且在每一部类的学问都有所成效——在心灵教养与智识上比一般学者们优秀得多，他们仿佛几乎是些精灵。这些人中有一个曾在某国做外交大使，当大使聚会的时候他能同每一国的代表谈话，并且没有一点错误（这是在日本与中国派大使之前的时候了：大概获得远东的语言会把我的朋友难住）。但是这位惊人的人物和那些与他相似的人们，不想留给世界一点理智的作品。他们只以简单的暗示就能够支配一百种不同刊物的经营，关于图书他们比当时最熟达的图书管理者们还能给以更好的指示；关于所有文艺的、哲学的、社会的、宗教的东西他们都是被人们所请教，并且他们的指教总是宝贵的。但另一面他们什么也不作为。他们人生的理想是误谬的。假使近代的奴隶制社会中，那些享有者们能够为他们得到的利益交换着返还给人类一些东西，那制度也许能有更长的存在。但是所有那些以快乐为主要目的的存在，必然是无报偿地消灭了。人们常常这样说，古代文明是因为同一种理由死了的。这话有点说得过火了，但里边也是有着一种真理。无论如何，那种在近代奴隶制度所给与欧洲人的腐败的影响，是在希腊时的奴隶制度中寻找不出来的，那是一种十分不相同的制度，并且那些奴隶们也不是从任何点上都较他们的主人是更劣等种族的人民。

克里斯托弗·斯马特

更甜蜜的，在所有爱情的旋律中

是你的雏鸠的语言

配合着你起伏的音弦

# 克里斯托弗·斯马特
## (Christopher Smart)

在十八世纪,当柯勒律治与华兹华斯(Wordsworth)最初的作品未出现之前,抒情类仅有的一首伟大的诗歌,是克里斯托弗·斯马特的作品。我没有把罗伯特·彭斯(Robert Burns)的作品算在里面,因为那些全是用苏格兰方言写成的,并且我也没有算上格雷的小诗,因为那些全是极短的。只单论纯抒情的成就,斯马特的伟大的《给大卫之歌》(*Song to David*),确实比同世纪中同类的任何作品都更优秀。实在讲,我们读了它,觉着好像它不应当在那样一个时代里产生出来。但更足以使人奇异的是,它不只是产生于十八世纪后半叶较早的时期——约在一七六三年,而它还竟是被一个疯子所创作成的。从前我使你们注意过这一时代中的疯文学家们——斯威夫特及其他诸人。但他们中仿佛只有一个是在确实疯狂的时候,能作出一些伟大的作品。当斯威夫特与珂波尔变为疯狂的时候，他们不能创作伟大的作品了。但斯马特只在疯狂的时候才能产生伟大的作品，正如有些人只在醉了的时候才能作诗一样。这种幻象是奇异的，许多心理学教授对这件事感到很大兴趣。

斯马特生于一七二二年，曾受了很好的教育。在剑桥大学他完成了他的学程，证明他硕学的能力，但是他却生活于极纷乱的方式中。一七五三年他到伦敦去，试验着给舞台写作以维持生活。

在这一方面，他没有很成功，一部分是缘于他饮酒的习惯。他变成了一个二文钱的文士，这也便是说，一个人顺着出版者的吩咐，为极微少的稿费而写作。正当这样工作着的时候，他遇见了约翰逊，约翰逊很欢喜他，并且想法帮助他，但是他的种种习惯，致使这样的助力收到很小的结果。到一七六三年他疯了，但实在奇怪极了，这种神经病症穿上了宗教狂的外衣。当他住在疯人院里，他作成了惊人的诗歌，据说是用一个铁钉子写在监狱的墙上。但这几乎是不可能的，因为这首诗包含了八十四节，每节六行。斯马特病稍好了，他自由地被放了出来，这时他印行了他的诗，但是没有人对这首诗给一点注意，就连约翰逊在它的里边都看不出成效。它不是顺着当时的诗的习俗写成的，并且它是疯子的作品——作于疯人院中而被知名。

所以当他死后，他的诗被收集起来的时候，这首特殊的诗选落了。斯马特在疯狂后，是变为极恶的，一七七〇年他死在了狱中。

他死后很少有人想到他——虽然约翰逊曾给他的作品下过亲切的批评。到十八世纪末他完全被人们忘记了。但是一百年后，伟大的维多利亚诗人罗勃特·布朗宁看到了这首《给大卫之歌》，被它奇异的美所惊动了，于是关于它另写了一首诗。这使这一篇诗歌引起了大众的注意。布朗宁看见了事实的神秘奇异的一面，这是在他以前从未有人看见过的。这里有一个人，他只写坏诗与无价值的散文，并且从未显示过天才的真实标印——直到他突然变为疯狂。于是他唱了这样一首歌，那是十八世纪任何诗人未曾生产过的。好似有一种精灵走入他的躯壳里，只一瞬间感应了他。布朗宁把这首诗比为隐藏在最不雅致的大皇宫之中的最完整建筑了的美丽的教会堂。所谓皇宫，布朗宁是指奥古斯都（Augustan）时代的全部诗文学。

现在关于这一首诗我们可以说一些话了。它惊人的美，特别归因于形容词的惊奇地运用，但是在某些诗节里有一种火与力，那是任何诗人必要羡叹的。少数的诗节稍稍疯狂，它们不可解，但这些并不多。主题只一部分是大卫的自身：更多的诗节是称颂祈祷的力与美以及上帝的力量。甜蜜的、强壮的、美丽的、珍贵的、光荣的——这些是称颂的用句，我们有五六个诗节，描写"甜蜜"（sweetness）是以"甜蜜的"（sweet）这个词开始；大概有同样多的诗节，以"强壮"（strong）这个词开头，描写"力"（strength）；于是又有半打诗节描写"美"（beauty）；于是同样数目的诗节描写"珍贵"（preciousness）；最后这首圣歌的收尾，是以"光荣的"（glorious）这个词开始了许多连续的诗节，以描写上帝的光荣。这样，这首诗歌的建筑极其惊人。我们无须全部引用，但是那些歌颂力量与甜蜜的几个诗节，与那些能被选入几种诗文选集中的诗，值得密切地注意。

强壮是前进着的快马；
强壮是追逐着迅速的悍鹰，
　　它立刻便擒住了它的获物；
强壮是在地上的高鸵鸟；
强壮翻动着骚乱的深海
　　射剑鱼击中它的目标。

强壮是狮子——像一块煤
它的眼球——像棱堡的黑疣
　　它的胸反抗着仇敌；

> 强壮是在它的翅上的荒鹫,
> 强壮是抗着潮的宏大的鲸鱼
> 　浮现地向前走去。

在这十二行诗中,有两件事须注意——便是简单的英语与科学的词惊奇地调换而且是精细地选择了的;其次便是形容词的华丽地应用。Xiphias——代理剑鱼(Swordfish)——是纯粹拉丁文,或者至少是从希腊取来的拉丁文,它锐利的发音,好像是在水里的一种冲击,表现出所有的英语所不能做到的力量,并且与这个简单的动词"射"(Shoot)相结合起来,它的效果变得绝对地惊异。至于描写鸵鸟,这位诗人除去形容词"高"(Tall)字外再不用他字,但是对于那些看见过这种活物的人们,这个字便是所有的一切了。

> 甜蜜是合时降落的露水,
> 它滴浇着多叶的菩提;
> 　甜蜜是赫孟[1]的香芬的气息:
> 甜蜜是百合的银铃,

---

[1] 赫孟(Hermon),现译为黑门山,意为"圣山"。

甜蜜是醒烛的香息，
  它守护着早晨的祈祷。

甜蜜是具有热爱的年轻的乳母，
它在那沉睡着的婴儿上微笑；
  甜蜜是当于那失了的又复来到；
甜蜜是那音乐家的热情的击拍，
当他漠然的心灵在探求着芳香，
  为贮藏最精粹的花卉。

更甜蜜的，在所有爱情的旋律中，
是你的雉鸠的语言
  配合着你起伏的音弦；
更甜蜜的是你的感谢的光荣，
同一切授予了的优雅
  直发散到我们的主。

这些诗节，我们可以注意到，既大胆又美丽——因为它们以特殊的熟识论说着题目，对于一个基督教信仰者的心灵，意外地畏敬、神圣。它们的美，就算不关这种事实，也应当给它们博得鉴赏，但那一世纪过于愚钝了。再请你们注意到像这些诗节的光彩：

属于宝玉的——它们的美德与它们的高价，
把它们芒硝的突现
　　埋藏在没有人类之丑恶的地下；
这我主的印章的碧玉，
这似一盏灯的黄玉的光灿，
　　混在那地底下的矿山。

宇宙——它造成的群集的天体，
这荣耀的光线，这慰藉的阴影，
　　溪谷，平野，树丛与山岳；
这复杂的深渊，
那里幸福地保存着秘密，
　　智慧隐藏着她的巧技。

你们或许要问这特殊的一行"那里幸福地保存着秘密"是什么意义呢？没有一个活着的人可以告诉我们。正是这很少的几行中的一行，证明了斯马特写这首诗的时候正是疯狂。我可以冒险地这样解释——人们受着疯狂的苦难，极希望着孤独，因此这位病诗人也许借着幻想把他自己的情感迁运到自然的神秘里了,并且还希望我们了解,就算是上帝伟大的快乐也是要秘密而孤独地工作。但是虽然有这些微疵,英国诗人一定会在将来的时代从这首《给大卫之歌》里继续吸收到灵感。

# 十九世纪文学的畸人

乔治·博罗

虚构主要存在于事件的组合中
而真实存在于事件的自身里

# 乔治·博罗
（George Borrow）

在你们将来读书的学课中，大概将要看到许多处说及"博罗"这个名字——不只是在英文书中，而且在法文、德文书中。请不要忘了正确的拼音，因为就连普罗斯佩·梅里美（Prosper Mérimée）那样伟大的一个作家，都拼错了——用了一个"a"代替了一个"o"。在英文学里有许多个博罗，但只有一个是值得记忆的，他是有史以来最奇异的英国人之一。他毕生的工作，其主要点是在于能给一种神秘的民族——吉普赛人——的语言、习惯、风俗有所阐发，并且他曾在许多不同的国度里，研究这个民族。

我疑惑现在是否在日本还有吉普赛人，我设想着这个题目足以新鲜地使你们发生兴趣。在英文学里，我们可以远回到十四、十五世纪，有许多是说及吉普赛人的，假若你们曾看到这些论文，例如在古歌谣中，你们大概把这个名词解释为某一种漂浮的游浪人了。对于中世纪的人而言，并且几乎到十八世纪，人们的认知里，吉普赛人只是漂浮的游浪人。对这种民族第一个接近于正当理解的，是博罗。

吉普赛人最初出现于欧洲的确切日期，仿佛仍是一件忖度着的事情，但在一个极早的时日，他们便散居在西班牙及其他西欧的各部，这是确定了的。他们是漂泊的民族，没有宗教，没有任何文明的习俗，说着特殊的语言，主要以欺诈与犯罪生存。确实是在一个时期他们的名字与许多种犯罪成为同义语。他们是一种猛烈的民族。他们实习着幻术、卜卦以及所有那些奸巧的人可以从简单的人骗钱的方法。在每一个世纪中他们也是优秀的马贩子，并且是骑马术的伟大的主人。另一种他们所得意的地位是铁匠的工作，在近几个世纪里，他们又兼任锡工。最后，当为职业的角力者，当为职业的武人，在英国当为职业的拳斗手，他们是无比的，这不多是缘于他们的力量，而多是缘于他们惊奇的敏捷。大概十九世纪最好的拳斗手——他仍然活着——是一个英国吉普赛人梅思（Mace）。

在任何处被人怕着，被人轻侮着，这些浮浪的人民想法生存于欧洲的各部，虽然有为他们而特设的法律。他们拒绝生活在房屋里，不服从任何规律，不遗留在任何一个地方稍长久的时间。非常奇异的，宗教裁判所并不顾及他们。宗教裁判所是追缉着异教徒的，但一种完全没有宗教的民族是不干涉他们的计划的。至于作为罪犯，这些吉普赛人是能更好地受民事官厅的裁判。吉普赛人觉得在他们族群中有可能多的金发的人们是有益的——借此以减轻因皮肤颜色而被发现的危险，因为他们是比欧洲人更黑的民族。因此，他们在早年便开始偷窃孩子，并且把这些偷来的孩子养成吉普赛人——所以吉普赛这个名字，就是在十八世纪中，对于作母亲的，成为一个恐怖的词，因为那被偷了的孩子无法再放回来了。

他们虽有这些缺点，无论如何，这种民族有他们自己的美德。他们互相是真实的，能够作出特异的恩惠，同样能够作出特异的复仇。并且他们的女人常常奇异地美丽，且被认为对于他们的丈夫是忠实的。吉普赛女人永不会变为娼妓。在某种职业上这种民族的精干也给他们得到很大的荣誉，这是他们应当享受的，例如，关于马匹的饲养与繁殖。通遍于全世界，就是在现今的北美合众国，很多饲马驯马的事情便是被吉普赛人所管理。

现在我们对于他们所知道的，当作研究的题材是使他们比从前更有趣了。他们不是欧洲人，而是东洋人，他们使用的语言与印度公用语有极密切的关系，并且他们几乎无疑是属于印度的根源。那男子们的能干，与女子们的美丽，一点都不是欧洲人的。因为有许多世纪他们是作为社会的法外人，只能与大城市的许多罪犯阶级相联合，并且教给这些人们他们自己的语言的一些知识。在伦敦、巴黎、纽约，现今罪犯阶级所使用的秘密话语，一般所知大部分是吉普赛语言所组合的——那是已经变成适用于欧洲土言里的印度语。

像我已经说过的，第一个把这奇异种族的本源、习惯、风俗的普通知识，阐扬给世界的，是博罗。从儿童时代，博罗仿佛便被他们魅惑住了，并且在他们的族群中曾度过了很久的时间。无论如何，他不是被吉普赛人所魅住的第一个，或是最后一个。就是早于十七世纪，我们已有一个牛津大学生逃了文明生活而变成为一个吉普赛人的记录了，这已成为马修·阿诺德（Matthew Arnold）的极美丽的诗《学者吉普赛》（*The Scholar-Gipsy*）的题材。在二十几年以前，我们也有一位英国贵族与吉普赛姑娘结婚的例子，但是具有不幸的结果。在许多现代小说与传奇中，也有吉普赛人的得意的人物。查尔斯·里德（Charles Reade）的《可怕的诱惑》（*Terrible Temptation*）便是一个好证例。实在的，关于吉普赛生活的英国小说可以数到二十多种——我将只提这种题材的最典雅的英国小说，就是谢里丹·勒·法努（Sheriden Le Fanu）的《时鸟》（*Bird of Passage*），取这种题材的最好的法国小说是普罗斯佩·梅里美的《卡门》（Carmen），这曾感应了一篇美丽的音乐作曲——乔治·比才（Georges Bizet）作的伟大的《卡门》乐剧。这位法国传奇的作者，承认他的一切是有负于博罗的。

现在我们可以回到博罗自身的生活来了——所有生活过的最奇异的英国人之一。他生于一八〇三年，一位军队中的队长的儿子。他的教育一部分是在爱尔兰，一部分是在苏格兰，一部分是在英格兰，这要看他父亲的军队停在哪里。在他学校教育的间隙中，他仿佛是第一次与吉普赛人相识，并且必是学得了他们的语言与习惯的一些知识。他要像他们一样自由地漂泊到任何自己所喜的地方。大概他对他自己有白皮肤是懊悔的——因为我们曾听见过，当他在学校的时期，他时常用胡桃汁擦他的脸，以看着好像一个吉普赛人，为着这种事，他的教员有些时候在所有的班次之前责骂过他。一八一九年他离开学校到一个法律家去学徒——这一个地位对于一个喜欢吉普赛人的人是丝毫不适宜的。关于法律他自己曾说，那只是"一种为解释显然的，证明了然事实的，絮说于常套话的才干"。代替研究法律，在公事房里他研究语学，并且是在惊人的限度上研究它们。在骚塞（Southey）的信札里，我们看见里面提到他，说他虽然是一个不满十八岁的青年，但知道十二种语言——威尔士语、苏格兰土语、拉丁语、希腊语、希伯来语、德语、丹麦语、法语、意大利语、西班牙语与葡萄牙语。对于这些种获得还不满足，他开始研究东方语言——并且我们知道他很懊悔他不能寻到一个很好的中国文教师。中国文他是不了解的，但是到一八三五年我们知道他已操纵三十多种语言了——包含着不少是最少人知道的。无需说他对于法律是无用的论证了。当他未成年之前他弃舍了这种职业，并且遁走了。一般想，那时他是联络吉普赛人去了。人们都知道他曾旅行过欧洲的所有地区，但是他没有遗留下所旅行过的大部分国家的经验记录。在一八二六年，我们听说他是在俄国，并且他负责第一次将英文《圣经》翻译成满洲鞑靼文。在一八五六年他回到英国，发行了一本书，名叫《塔古姆》（*Targum*），来自三十多种不同语言的诗歌翻译。英文圣经会，被他的鞑靼文的《圣经》翻译所喜，派他到西班牙去作他们的监督。博罗欢喜地实行了这种工作——不是因为他确实很关心圣经会或是《圣经》，而是他要用一种新方式去研究西班牙的吉普赛人。他翻译或是监督翻译了《圣经》的许多处，成为吉普赛文，但是这种事实，与他从西班牙回来时所产生的那本题名《金迦利；或西班牙的吉普赛人的记事》（*The Zincali；or Account of the Gipsies of Spain*）的书相比，简直不算回事了。它不只以题材新奇的理由，是一本具有惊奇的兴趣与价值的书；只当作一种文艺的艺术，它也是同样十分地新奇。每一个人都是欢喜它。但是人们却更欢喜那在一八四三年所产生的名叫《〈圣经〉之于西班牙》（*The Bible in Spain*）的那本书。这是当他为圣经会工作的时候，他在西班牙的漂泊与冒险的记载，这本书把英国的大众轰动了，就是在贵族会的演说里都提到它。其次他产生了一部名叫《拉文格洛》（*Lavengro*）的书，主要记载他青年时候在英国同吉普赛人的友情与漂泊。一八五七年他产生了《罗曼·罗依》（*The Romany Rye*），一部关于吉普赛人的小说，其后为英国舞台而剧化了。一八七四年他发表了他的《罗曼诺·拉喔利尔，或为吉普赛语言的词汇》（*Romano Lavo-Lil; or Word Book of the Gypsy-Language*），一八八一年他死了。

大概没有另外一个人，比博罗被知道的更广了，但是关于他的私生活，是这般少地为人所知。生活在最奇异的方式中，在欧洲不同的各部分中，同吉普赛人的群集从一个地方漂泊到另一个地方，在多种假装下隐藏起他自己，确实是他生活的较大部分不为社会所见的。关于他的所为与所去的地方，我们知道的很少，直到他已经过了中年。我们有理由相信，他在一两次机缘上，因为惹起吉普赛人的疑惑——他们想他是警察奸细了——几乎把生命丧失。

但是关于他的每一件事,就是他告诉我们的他的冒险故事,必应当想为是不确实的。最后当他娶了一位英国富寡妇,并且被他的羡慕者们引进到社会里来,他并不能适应。他的吉普赛生活,使得他不适于同任何人住在一起。他不能在一间屋里停上半点钟,不能服从习俗,不能忍受那些亲切的小伪善——但只有这些伪善,才能让社会变得可以忍受。他从伦敦跑到乡间去,在那里他度过了生命的晚年,总是对于任何游浪的不合习俗的人们,特别是吉普赛人,显示亲切,但是顽固地拒绝与文化人相遇——作家、牧师,或是任何阶级的绅士与妇人。他的童年时代的习惯,曾形成了他的全生涯,并且改变了他的全部性格。只是在血液上他仍是一个英国人,在思想上、习惯上与情感上他完全变为一个吉普赛人了。

对于英国文学,博罗引进一种新元素——一种浪漫的叙述之新特质。严苛意义讲,他的书没有一本是小说或是传奇;它们全是真实感到或见到的事情的浪漫叙述。他没有试验过任何种小说的完全的构造。它们没有开端,没有收尾,没有顺序,没有连续。我不知道怎样更好地表明,除了告诉你们他的大多作品是与印出来的笔记本相似。然而,这些书里有一种魅力,有一种绝对地创造的特质,并且仍能支配着多数人的羡慕与注意,特别是那些青年们。

他看到那日常生活中最普通的事件可以变得有趣，并且那最普通的情感与印象可以由适当的文艺处理而得到价值，并且几乎从无有中，他能够产生出许多卷书。半虚构半真实，这是从前未曾产生过的。想确定哪里是真实的收尾，哪里是虚构的开始，这多少是一个难题。但是最好的批评家们倾向着想，虚构主要存在于事件的组合中，而真实存在于事件的自身里。这种定理使我们感觉到对于这位作家应有很大的敬意。这不是笛福（Defoe）的那种场合——他是从幻想中写作出来的。博罗是叙写事实，但是他用这样的一种方法联结起不同年代不同地方的事实，能给你一种意向，信任它们是属于个人的短时期的经验。他没有值得一提的模仿者，因为他构造他的书的这种特殊技能，是有赖于最独创的天赋。大概没有英国人能够成功地模仿他。但是我观察到有些最精致的现代法国作品——特别是旅行小品——是建设在这样外形上，极相似博罗的手法。我不认为这是一种模仿，而宁可说是同类的自然创造，并且是那些像博罗一般地于全世界游浪而度过一生的人们的作品。

马修·格里高利·路易斯

伟大的真理必是无意识地说出来

# 路易斯僧及恐怖与神秘派
(Monk Lewis And The School Of Horror)

时常有人说，人只是长大了的儿童。并且一般人对于小说的内质的嗜好，仍然时常证明了这种观察的真实。成人欢喜惊惧的快乐似儿童一样。一个人能强有力地写出刺动惊惧意识的东西，至少在一段时间内，大概要成为一位成功的作者。无论如何，惊惧也像任何事物一样有许多流行的样式，并且随着时代而变迁。在十八世纪使人们觉着恐怕的小说，在十九世纪只能使人们发笑了，并且在二十世纪将要为读者创造出新形式的恐怖，也是有可能的。十八世纪在这一方面极容易使人们欢喜——容易得几乎使我们不能理解路易斯与他的一派的盛行了。但那是一个奇异的幻象，并且关于它若是无所提及，则没有一本英文学史的研究是可以称作完整的。加之它对于十九世纪的文学产生了很大的影响，所以它很适合我们现在正从事着的这个问题。

属于我们可以叫为恐怖与神秘的文学，值得特殊注意的，约有六部书。这一类中稍稍重要的第一部书是贺拉斯·沃波尔（Horace Walpol）的《奥特兰托的邸宅》（*The Castle of Otranto*），一七六四年出版。第二部诉诸于这同类的幻想文艺产品，是贝克福德的《瓦塞克》，一七八三年出版。其次是拉德克利夫太太（Mrs. Radcliff）的《乌多尔佛的神秘》（*Mysteries of Udolpho*），一七九五年出版。其次是马修·格里高利·路易斯（Matthew Gregory Lewis）的《僧人》（*The monk*）——在同年出版。其次雪莱太太的《弗兰肯斯坦》（*Frankenstein*），一八一八年出版。最后值得一提的，是查尔斯·罗伯特·马杜林（Charles Robert Maturin）的《漂泊者梅尔莫斯》（*Melmoth, the Wanderer*），一八二○年出版。当然，另外还有数百种，模造品等等，但是没有一本值得谈论。马杜林之后，这一类的文艺，在大众间失了信用，直到布尔沃·利顿（Bulwer Lytton）的时代，他在他的《一篇奇异的故事》（*A Strange Story*）与《魅人者与被魅者》（*The Haunted and Haunters*）的传奇中，给这种文学赋予了最完整最精炼的形式。但是这些较晚的作品，它们的自身显示出来的情感与样式已发生变化了。

这一群集中最特殊的人物是路易斯，他的名字与十八世纪文学成为密切的连结，不是因为他的文艺的成功或因为他是一个奇人，而更多是因为，他对于那些比他自己有更大才干的人们所发生的异常的影响。他几乎同当时的每一个文艺界名人都有很大的关系，并且在一种特异的方式里，影响了司各特（Scott）、拜伦及其他诸人的作品。

路易斯是一个大财富的继承者，从在西印度的财产中得来的。在极早年，他的母亲——一位美丽而简单的妇人，同她的丈夫争吵了，并且与他分离开。她在独居中得到儿子的支持，这位儿童拒绝了与他父亲同居，而决心献身他的全生涯使他母亲幸福。那时他是一个极小的儿童，并且他的全生涯也总是异样地短小。但他有伟大的魄力、机智与精力，在十九岁的年纪，他便可以为舞台写一篇剧了，名为《东印度人》（*The East Indian*），这篇剧被接受而且上演。路易斯写这一篇剧或其他的东西，只是为帮助他母亲的生活，因为她与丈夫离居后，她的入款来源被切断了。路易斯艰苦地工作着，并且成功维持着这个家庭。在二十岁的时候，他写了一篇怪异的故事，这使他在拜伦的诗中以及文艺社会里著名了，并且给他赚了个"路易斯僧"的名号。以社会对于"恶德"的压制力，来禁止这本书是没有成功的——它卖售得很广，所以路易斯赚了很多钱。其次他产生了一篇奇异的一幕剧，名叫《俘虏》（*The Captive*）。书中的几个部分，仍可以在老样式的读本与演说集里寻到。它曾在伦敦表演，造成很大的鼓动。他的父亲一死，他便立刻富了，他想使母亲安适而愉快的志望也满足了。他旅行，读书，任性发展了所有的艺术嗜好，并且帮助沃尔特·司各特爵士出版了他的第一部著作。他曾教训过沃尔特·司各特爵士怎样写诗，这种事我们现在看来好像极不礼节，但司各特其后曾说过，"这位小人确实是曾作给了我许多好处"。借着沃尔特·司各特爵士的助力与其他来源的援助，路易斯出版了他有名的《恐怖的故事》（*Tales of Terror*），这本书包含着司各特的一些论怪异的题材的最精美的歌谣。路易斯在这一点上是取巧了：他看出当代的倾向，是对于恐怖与神秘欢喜的，所以他用了所有的精力满足这种趣味。他所写的其他几本书，如同《城堡幽灵》（*The Castle Spectre*），当作买卖的投机是完全成功的。但我们对于路易斯，与其说为他自己的工作，不如说为他对于旁人的工作的影响，有更多的理由应当感谢他。在意大利他遇见了拜伦、雪莱与雪莱夫人，他提议他们中的每一个人应当写作某一类的一本怕人的小说。他们从了他的这种怪想。拜伦写了一本散文故事名叫《吸血鬼》（*The vampire*），现在这本书是稀少了；雪莱夫人也写了一本书，变成了世界古典的一种，曾几乎翻译到每一种语言去，并且它供给了数万人直喻、比喻以及艺术的题材。我是说的《弗兰肯斯坦》

这本小说。若不是因为路易斯，这本惊奇的小说永远不会产生出来。

但路易斯的生涯是短暂的。可以说他成为他自己的仁爱的一个牺牲者了。有一件事情曾使他心里惦念，是他在西印度的奴隶们的境况：他愿意以个人的监督来确保那些人享受善良的待遇，并且只为这种目的每隔二三年他便到西印度去实行一次他的责任。在当时，若是可能的话，他定会把他们解放了，但那在司法上是做不到的。一种怕人的热病——热带的死热病之一，在一八一八年他的西印度旅行中捕捉了他，他在归程上陆之后，立刻便死了。因他作为一个绅士与一个宽宏大量的朋友，社会与文学家们非常为他懊悔，并且他的记忆是那个时代文学史中最温和的记忆之一。

至于说到路易斯自身的作品，确实在其中只能寻到极小的功绩。他的作品包含着疯狂、幽灵、坟地，及奇怪的犯罪（内有血族通奸）等等的戏剧与小说——所有的这些幻想，是按着约翰·韦伯斯特（John Webster）与约翰·佛德（John Ford）的古英国剧文体写的，这般错综起来能给读者色欲与暗杀，惊愕与怜悯的一种混合感，但更多的是残酷性，而少有艺术性。这是一件奇异的事实，在生活中几乎不能做任何下贱与残忍事情的这个人，却在十九世纪文学中写作出来最残忍可厌的小说。他的诗不比他的散文好得多，无论从情调上看或是从手法上看。但诗与散文施给英国大众一种相当粗卑的愉悦。那对于路易斯曾仿佛是极可怕的，现在我们只能看着笑了，这便是英国人的头脑在最近五六十年间有了很大进步的一个很好的证明。头盖与骨头与血液与情欲混合的怪物现今不使任何人怕了，它们只是可厌。但当我在童年的时候，人们仍然暗诵着路易斯的怕人的诗，并且在某种机遇上把它们朗读出来。我特别记得那有名的歌谣《勇者阿龙周与美丽的伊莫根》（*Alonzo the Brave and the Fair Imogene*）的流行。对于幽灵是具有怎样原始的观念，人们才能欢喜像这样的诗歌呀！——我诵说出收尾的一节：

> 当他们从那自坟墓中新裂出的头盖喝饮，
> 围着他们跳舞的精灵已经露现；
> 他们的溶汁是血液，并且这怕人的节音，
> 他们吼叫："祝勇者阿龙周的康健，
> 和他的配偶，这美丽的伊莫根！"

我们对于超自然的观念，自从路易斯的时代已经十分改变了。不是他的文艺之作而是他的个人影响，使他成为

一个高贵的人物。

我们已经提过了，雪莱夫人受着路易斯的影响，写了《弗兰肯斯坦》。这本书值得一种特殊的注意，它是英文学中出产的所有这一类书籍的最伟大的，虽然它仅仅是一位年方十六岁的姑娘的作品。

这本书的观念全部是不新的——但是，说起这种事来，没有一本书，它里边的每一种观念全是新的。我只要把这一点说了罢：中世纪的化学家已经谈说并且写了关于创造生命的可能，歌德在他的《浮士德》的第二部已经应用了这些中世纪的思想，他叙说一个化学家以化学造了一个小人——一个一寸法师，把它保存在瓶子里边。就是在十九世纪，这一类的一些定理，曾经严肃地讨论过。我相信这一类的最后的严肃讨论，正是在达尔文的发现之前，在斯宾塞的哲学出现之前，这些新发现使论这种问题的更远的推论几乎不可能了。是名为《创造的痕迹》（*The Vestiges of Creation*）这本书——一般认为是钱伯斯（Chambers）兄弟的作品——发明出这种定理。那观念是有些像这样的——假若我们能发明出组合人体的品质与成分的确实的比例，并且按着人体同样的比例，把这些成分混合在一起，假定其他的力并不在中阻碍，这时的结果便将是作成一个人体的这些成分的结晶。换一句话说，一个人是可以用化学作得成的。这种定理是有趣味，但是今天我们只能对着它微笑了，因为进化论哲学把这全般假设推翻了。

当雪莱夫人坐下写她的《弗兰肯斯坦》的时候，她一定关于这些古定理一点都不知道，并且她也未有充分的智识足以预见《创造的痕迹》的作者的奇异幻想。最可能她思索她这篇小说全部计划，没有从旁的书籍得到任何暗示。关于化学、物理学与电气没有许多知识，而试验写这篇专门学术的小说，她太聪明了——这些知识本来就没那么有趣。她只简单地暗示某个名叫弗兰肯斯坦的博学的物理学家，以某种科学的惊奇的应用成功地造出一个"人类"。弗兰肯斯坦想要创造出一个比从前世界里所有的都更美丽、更聪敏、更强壮的人。但他只成功造出了一个怕人的怪物，怕得人都不堪与他见面。这个怪物倒确实是比任何自然的人都更强壮更有活力，但看见了他就像做过一次梦魇一样，弗兰肯斯坦自己都不能在他的房里忍耐他的创造品了。于是他命令他走开。这位怪物走了，但是隔了两三年他又回来了，说些像这样的话："在世界里我是孤独的。没有人愿同着我说话。当我走出去时，所有的生物，就连狗，都害怕地跑开了。我不能这样孤独地生活着，我必要有一个伴侣。你造出我来的，所以给我造一个妻子也是你的责任。"弗兰肯斯坦答应了给他造一个妻子，因为他怕了。他已经动手工作，并且已经半完成那动物了。但是这种思想来到了他的心里："假若我造出了一个伴侣，他们将来会生儿童的——一个怪物的种族，人类的敌人，也许能够毁坏了人类呢。所以我若是替这个动物造出一个妻子来，我是实行了最大的罪恶。我不能这样做。"于是他把他半完成的创作，撕成碎片了。他几乎还没有撕完，那怪物已站在他的身旁了，向他说道："我会记住你——我会在你的结婚之夜随着你的。"于是他消失了。许多年后，弗兰肯斯坦结婚了，在他的婚夜这个怪物来了，把他的妻子四分八裂地撕碎。为替她复仇，弗兰肯斯坦旅行了世界，追迹着这怪物，以便毁坏了他，但是他不能追得上他，在这企图中他死了。这时这个怪物才初次感到后悔，并且自杀了。这是这篇小说的全部。假若你思索它，你将觉到里边不只是有一个，而是有许多惊奇的道德教训。它曾供给了无数日常家庭的格言、暗示、直喻。这一篇小说因为这种理由永不会死了的。这篇小说的伟大道德的教训，是指示着人类行为的因果关系。一种错误引起了更多的错误，一种伟业或是愚行的结果，可以宽广地外延着，通贯了人生的全周围，像抛石于水中所起的涡圈一样。每一个人都应当读这本书，并且它的价值，因为它是以纯正清楚的英语写成的，对于你们也毫不低减。我相信在英国古典文学中没有另外的例子是产生于一位十六岁的妇人之手。

恐怖派所产生的作品，没有另外的可以与这本书相比了。但也有些是颇得一时的成功，并且有一篇就是到了现在也还有人赞羡它。大概值得一提的只有一本，它是被一位名叫查尔斯·罗伯特·马杜林的所写成，书名是《漂泊者梅尔莫斯》。那是叙述一个人以某种特殊的条件把他的灵魂卖给了恶魔的故事。我将不走入这本书的内境去，因为这本书的高洁与奇异幻想比它的文艺功绩更为超群，但是我们可以平安地叫它为一篇极奇异、极力强的小说。它出版于一八二〇年，《弗兰肯斯坦》出版于一九一八年，虽然在真实的价值上比《弗兰肯斯坦》低得多，但假若寻不出另外的理由，只以它影响了伟大的法国作家巴尔扎克（Balzac）这一点，它也应当在英文学中被记忆住。大概那篇惊异的小说《驴皮记》（*La peau de Chagrin*），一部分是因为读了马杜林的书而受感应的。这本书大概是法国文学中仅有的可以与《弗兰肯斯坦》的幻想相比的作品，并且它也像《弗兰肯斯坦》一般地以它的教训而不朽。一位马杜林的现代伟大的赞羡者是罗塞蒂（Rossetti），这是那本《漂泊者梅尔莫斯》必具有功绩的好证明。但仍然，我想你们与其读马杜林的书，不如读受了《漂泊者梅尔莫斯》影响的另外一篇小说，更为有用。我是说罗伯特·路易斯·

史蒂文森（Robert Louis Stevenson）的《瓶中怪》（*The Bottle Imp*）那篇小说，它被收集在他的南海研究名为《夜岛趣谭》（*Island Nights' Entertainments*）的一书中。在那里你们可以得到所有的马杜林的神秘魅力，而被一种无比伟大的文艺技巧所传达着。

这是一件奇异的事，十九世纪的初期，不只是在英国而是在任何处，产生了这一类小说的最特殊的群集，在这种出产之后立刻便是长久的沉默。在像《弗兰肯斯坦》这样的小说之外，德国于一八〇一年给了我们一本拉·莫特夫凯（La Motte-Fougué）的《温蒂尼》（*Undine*），于一八一五年有夏米索（Chamisso）的《彼得·施雷米尔》（*Peter Schemihl*）。前者，你们知道，是一篇水精与人类结婚的故事；后者是一个人失了他的影子的故事，或者至少是卖给了恶魔而他自己得到最不幸的结果。想到那三篇小说——英国的《弗兰肯斯坦》与其他方才所提的两篇德国小说——曾变为不朽的作品，而同时另外无数其他完全被人忘却了的这种事实，一个人必然地要得到这样的结论：这一类的任何小说无论文字写得多么巧妙，其永久价值在于它们内中所包含着的永久真理的质份。上边所提的三部小说，包含着三种普遍的真理——神秘的教训，因此世界永远不会厌烦它们。另外的，虽然是同样地精巧，而落入于忘却之中，因为在它们的里边没有包含着伦理的象征与人性的真理。

在这以后的英文学的浪漫时代，我们可以寻到这同一的事实以为证明。英国语言中最好的怪异小说，没有任何例外，是布尔沃·利顿的《魅人者与被魅者》。在英文中最好的超自然的传奇——恐怖的最高贵的传奇——是这同一作家的《一篇奇异的故事》，这些小说是绝妙地写成了的。它们具有完全无疵的文艺功绩。它们需要作家在奇异的园地里费多年的研究——中世纪的炼金术、炼金术的书籍、古代及其后的魔术、西洋与东洋的迷信等等。它们确实是极伟大的书籍，但它们仍然有被忘却的危险，并且在另一两个时代里也许它们将要被忘却了罢。而在另一面，其后罗伯特·路易斯·史蒂文森所写的一篇很短的题名《化身博士》(*The Case of Dr. Jekyll and Mr. Hycle*) 的小说——几乎已经翻译成所有的各种文艺的语言了，已经供给许多民族的家常话题了，仿佛是成为了不变的古典。这篇小说定然不能与布尔沃·利顿的恐怖小说相比。但是布尔沃·利顿的小说没有包含着普遍的或是不朽的真理，从它们中你们不能寻出任何哲学理论。反而言之，史蒂文森的小说，虽是一个青年人的作品，却给了我们一种永久的事实的新解释，即一个人的天性不是一形的而是多形的，不是简单的而是复杂的，不是单一的而是双重的。当作一种教训这篇小说是伟大的，并且在西方各国的大众，已经认识了这种伟大。

关于文学中的教训的小说与象征的小说，我必不能忘了刻印给你们一个极重要的事实。没有一种真实的文学，只是为着一种道德的目的，而被写出来，无论何时或是无论何处有人若是这样试验着做了，结果终将失败，或是完全无意义。伟大的作家写了伟大的小说，包含着伟大的教训，他们不是试验着要写出这种教训，也并不是试验着要作教训者的姿势，他们无意识地得到了他们的效果。伟大的真理必是无意识地说出来。从任何作家我们都不能像从莎士比亚那样引出大量的道德的真理，但莎士比亚不是为说教的目的而写作，他写给某些人们，而不试验着注意任何的教条与主义写出真理来。这种事实仿佛是奇异的，但是伟大的批评家们现在全认识这一点了，便是你若想写一篇伟大的小说，你必须只对于自然、对于事实、对于原样的人生有真理思索。所以，你若是熟思着人生的任何一种真理，确实像你所见到的，像你所觉到的，那教训将自然就会维护着它的自身了。因为在所有的大真理之中，有一种秘密的教训，它不用你的帮助就会表现它的自身。但是你若试验着写出一种教训，你将几乎一定是失败的。在这里艺术家必不能信他自身的力量：他必须信自然与神的。

托马斯·洛维尔·贝多斯

"永常"的最后的雪片
显露了它雪白而黑色的时间
我爱你这样多的次数啊,亲爱的

# 托马斯·洛维尔·贝多斯
(Thomas Lovell Beddoes)

在过去的几年间，一个以前极少知名的作家，突然变成新鲜的名人。在他的生涯中，他没有发表过重要的东西，他死后，他的文书被收集起来，编纂了，并且付印了，但是几乎没有惹起任何注意。其后，主要地归功于诗人罗伯特·布朗宁，以一种新方法强迫着大众注意了，并且现在博得我们的兴趣。

贝多斯是十九世纪初期的一个奇异的文艺家，他生于一八〇三年，并且他出于文艺的家系——因为他的母亲是那伟大的女小说家玛利亚·埃奇沃思（Maria Edgeworth）的姊妹。他的父亲是一个医学者。贝多斯入了牛津大学，很长时间他不知道将来应从事什么职业。他的嗜好是文学，但是在这一方面他开始怀疑起自己的才干，所以最终决定研究医学，他到德国去，变成奇异地爱慕德国风俗、语言与生活的方式，并且除去短少的访问外永不再回英国。在他所有的习惯、思想与应接的态度中，他变成异常德国的，因此据说就是他的朋友们也曾再三地误认他为德国人。但更使人奇异的是，他写德文诗具有惊奇的成功。

世界确实仿佛是向他微笑了，他继续得到高名，认识了许多学者朋友，几乎凡是他所希望的地位都能得到，但仍然一种对于生命的完全的厌恶突然来到他的心里了，没有方法可以治愈它，并且就是到了今天那原因也不为人十分地理解。我们只知道，当他正在一具尸体上施行解剖手术的时候，他不意地割伤了自己，他长期带着血毒卧在床上，并且就在这次病中，他决心自杀。在右腿的膝下部，他割了他自己——大概是想流血到死。但是他的朋友们发现了这种意外，并且非常小心地看护着他，他们监视着他防止他再有另外的企图。但无论如何，他的腿是必要被割断了——坏疽已经并发了。腿切断了，贝多斯并未致死，但是当他方能持着拐杖离开病院，他便走到一家药店去，以他是一个医生的权力，买了多量的名为"矢毒"的南美洲毒药。回到病院中，他吞了那药品。第二天他被发现死在了床上，身旁遗有一封信——一封极哲学的信，向他的朋友们告别，但是关于他的烦扰与自杀的原因丝毫没有提及。实在讲，这封信读着的确像是一封论医学事业的种种材料的普通的信。他死后，人们检察他的文书，发现他曾经作了——只是为娱乐他自己的——一些极惊异的文学作品。诗人罗伯特·布朗宁与其他有教养的人们对这些遗品发生了兴趣。并且在不多年之前，在埃德蒙·戈斯（Edmund Gosse）教授的编辑下，分成两卷发行了他的著作。这两卷书在十九世纪文学中给了贝多斯一种几乎无比的地位。贝多斯的主要作品是一篇戏剧，名为《死的嘲笑书》（Death's Jest-Book）。当作一篇剧的文章看，它有很多缺点，但是散在其中的抒情诗具有特殊创造的美，还有这同类的其他作品也是存在于旁的形式中。当贝多斯不美丽时，至少他也能给人惊奇的印象，并且他在冷嘲的与恐怖的一类诗中——在古怪与狞恶中——特别地优秀。

这些恐怖的诗总是要成为珍品的，大概它们将得着一个地位是像埃德加·爱伦·坡（Edgar Allan Poe）的一些诗同样地永久。贝多斯在诗人中之所以能有极高的地位，是因为他的特殊的优雅与纤细的诗歌。其中两篇我想可以引用过来，因为也就是在这种时刻他的作品能得到大众的注意，他的几节诗，比数十页的批评都能更多地在你们面前表白出他的自身。

一般地，承认他的抒情诗最美丽的是那篇名为《梦的叫卖》（Dream Pedlary）：

假若有梦来出卖,

 你将选何种的购买?

有些是价值一个报死的葬钟;

 有些是一口轻轻的叹声,

那只能从生命的新鲜的王冠,

震落下一片蔷薇叶。

假若有梦来出卖,

诉说着忧愁与欢快,

并且叫卖人还响着那钟声,

 你将选何种的来买?

一所庄园,孤独而寂寞,

 近旁便有阴处,

朦胧阴影下,宁静我的哀愁,

 直到我死殁。

从生命的新鲜的荣冠,

我极愿,震落下一些宝珠。

假若梦是随心地领有,

这最能医治我的哀愁,

 这是我所要买购。

这些诗歌魅人的哲学——不下于它们的精致，因此闻名。你们不能太字句地理解这些诗歌。让我们假设这里所说的梦是欢快——只有在那一切愉悦是易变的这种深刻的意义上，欢快才是梦。妄想像我们寝睡中的幻觉，但妄想在它们的种种点上是极愉快的东西。设想我们能够购买它们，我们若肯付代价时，我们可以买到许多东西。至于有些梦，我们只能以生命的代价买到它们，在我们未看到它们之前我们必须要死的。但是有许多旁的东西，我们可以很便宜地取得——只要我们付极小痛苦的代价。这位诗人说，生命只留给他这样的希望——愿意到一块极寂静的地方去居住，远离人间，而接近于自然，在那里他可以梦想着直到他死时。就是到了那时，他仍不能完全地幸福。假若他能领有了这种愿望，那将能"最好地医治了"他的痛苦。第二诗节第二行中的"Bowers"（阴处）这个词，不是本词的古意义——那是当作"Lady's room"（妇人室）讲的，而是现代的意义——夏时中在树叶下一块安息的阴处。

这下面的一首短小的恋歌——充满着火花与闪光的字句，是多么优美呀。

我爱过你多少次呢，亲爱的？

告诉我那有多少思索

　　　　在新年

　　　　　来临时分——

　　"永常"的最后的雪片

　　　显露了它雪白而黑色的时间，

　我爱你这样多的次数啊，亲爱的。

　我更爱你多少次呢？

　　告诉我那有多少珠儿

　　　　在银链中

　　　　　晚雨里。

　　从涡荡的本体解系，

　　　贯穿了银星的眼目——

　这样多的次数啊，我更爱你！

　　"Eternity"（永常）在这里，如"雪片"美丽地所暗示，表现为年年日日的骤雨或落雪。在这种描像中，你们能够以"黑色"或是"黑色的时间"来想象雪白的日子的阴影——如同一片雪花伴随着它的阴影一起落下。第二诗节里以银珠的比喻来代表落雨的线，是越发美妙了。"从涡荡的本体解系"，当然，指的是——所有的雨之泉源确实是在于海。雨的线穿过了星星或是游星的光,能够极好地以那种从针孔穿过线的效果,提醒给一个诗人。你必须要注意到所有这些奇异而且新鲜的想象,这种"奇妙"的特质在贝多斯的全作品中充溢着。现今,对于这位诗人的鉴赏渐渐增长起来,不久之后,很可能你们将要时常看到有人引用他,到那时你们会觉得对他的这小小的注意所付的时间没有什么后悔的了。

沃尔特·萨维奇·兰德

假若一个人在它们的里边
一点也感不到愉悦
他将是一个愚钝的人

## 沃尔特·萨维奇·兰德
(Walter Savage Landor)

关于我正要引起你们注意的这个特殊的人物,若是没有一些注目的话,任何英文学的课程,都不能算是完全的。这是一个不容易忘掉的名字,并且"Savage"(野蛮)这个词,关于这个人的性格,在你们的心上大概会暗示出种种不同的幻想。在英文学里,另外有一个"Savage"——理查德·萨维奇(Richard Savage),这个人约翰逊曾试图使他成名可是没有成功,并且他是不愧称为那个名字的。在相当的限度上沃尔特·萨维奇·兰德也是同样的。他一点都不是一个败劣的或是可轻蔑的人,但是在这个词的某种意义上,他是有些野蛮的。他完全是冲动的、凶恶的、造次的、乱动的——是一个在英国善良社会环境中半开化的人,并且缘于他怪异的性格,他不能待在那个社会里。他生于一七七五年,在拉格比与牛津两大学受的教育——

在这两个地方他以博学的才干而有名，而且是以不能屈服于学校训育的大无才干而出众。他在牛津大学里没有一刻不和学校闹乱子，他不断地被停课和受惩罚，最后没有毕业便离开了学校。也许有大量的动物的性质可以解说他的许多反常的地方。他的躯干巨大——在他所属的阶级里他是一个非常强壮非常活跃的人，在体格上他是学校与大学体育的荣誉。至于讲到学问，那仿佛丝毫都不能烦扰他。他用拉丁文作诗，就如那是他的祖国语言似的。但是他像任何野蛮人似的不驯顺，所以对于学校当局他成为一个永恒的扰乱的本原。离开了学校之后，在家里他立刻同着邻人们争吵起来了，于是又同着社会争吵，最后他觉得他不能安适地住在英国社会里，因此，他既有财富，便到意大利去了，在那里度过了大部分生涯——也总是有争吵，但是他总能够持续博得许多友人的赞赏。因为他虽具有一切缺点，但他是一个大量的人；他的不幸主要地是因为有那样一种性格，而那性格是除他之外在任何人身上都反映不出来的。大概在英国伟大的文学家中，他是活得最长的，或者差不多是活得最长的。他死于一八六四年——所以，当他离开了这世界时已是九十岁了，并且几乎直到最后的一刻他都是有精力的。这个人的伟大的作品主要是散文。那里有着大量的诗，但不是一类极使人注目的诗,而在另一方面他的散文是绝对有光彩。关于他最初的诗《格比尔》(*Gebir*)——现今没有人读了——我无需说什么话,但是我劝你们至少对他的杰作《幻想的对话》(*Imaginary Conversation*)中的某些章节熟识。

古希腊人们所曾喜欢的,有名的卢希安(Lucian)的《死人的会话》(*Dialogues of the Dead*)所呈现过的那一种特型的小说,在英国人中兰德是第一个成功地试验了。无疑地,兰德的古典研究,暗示给他这种在传奇中的新出发点。他选择了很多古代的、中世纪的、现代的有名的人物,把他们放在一起彼此谈话,每一个人全以他自己的文体,并且遵循他或她所属的那个时代的情感与思想。这样,我们有了那著名的古希腊哲学者们的谈话,几乎如柏拉图的会话本身似的那般有趣,并且我们还有文艺复兴时代的人物,在一起像活人似的谈论。这些会话的艺术极其伟大,并且是惊人的学识与广大系统的读书所得的结果。今天我们最精确的言语学者与考古家,在某些点上可以疑问这个作者的叙述是否正确,但是在他写这些作品的那个时代,它们鼓动起普遍的赞赏。那不只是缘于它们中的学识,更多地缘于它们的文体,并且这种文体将是长久地保持着它们。那多少是属于古典一类的文体——与其说是十九世纪的不如说是十八世纪的——但是惊人地洁净、清楚、新鲜、自然。它具有戈德史密斯（Goldsmith）的文体的那种透明的特质，并且它有一种尊严与力量，使我们想起来在他最精美的篇幅中的护谟。这种散文，在情感与色彩的两方面，有着一种温暖，那在古典派的老作家中是与其他极不同的东西。兰德只在形式上是古典的，那是因为他对于真实古典的题材的爱——即古希腊与罗马的题材。在情感上他是浪漫的。我若说他的作品是一个古典的体干而其中具有浪漫的灵魂，大概是最好地说出了他的特色吧。

在图书馆里有兰德的作品，我想至少你们应当读《幻想的对话》的某一部分。倘使关于古希腊与罗马生活有着相当的知识，在其中你们将感到一种真实的兴趣，那时兰德将以一种极奇异而特殊的风态使你们欢喜。反而言之，倘使你们对于古希腊或罗马的题材并没有兴趣，只为着其中的人性的故事，你们仍可读一读这些对话中的一两段。因为这些对话并不重苦——它们不像柏拉图的对话，给心灵上形成一种严重的理知的练习。在它们的里边有着很多的诗与情感，假若一个人在它们的里边一点也感不到愉悦，他将是一个愚钝的人。大概在丁尼生的《公主》（*Princess*）中你们还记得这一行吧：

那建筑了金字塔的罗多浦（Rhodope）。

我曾关于罗多浦与她的神话给你们作过一次解释。假若你们读一读罗多浦的故事，如在兰德的一篇会话里所叙述的——关于她在饥馑的时代是怎样作为一个奴隶而被卖了的故事——我相信你们会发现它在实质上是极动人极真实的。假若你们喜欢兰德的这一篇故事，我想你们可以再另外读几篇。但无论如何，关于兰德的研究，是很多有负于学生的个人趣味的。假若你不喜欢他，请不要为与他熟识，在少许的篇幅上读他的作品而消废你的时间。假若你喜欢他，他能多年地愉悦你——因为他的作品自身已经很够一个小图书馆了。

托马斯·洛夫·皮科克

世界确实像这样——
充满了无数种类的矛盾
不合逻辑，怪诞与虚荣

# 托马斯·洛夫·皮科克
(Thomas Love Peacock)

这位伟大作家的名字,是在这连续的研究中我将提论的最后一个了:在这些人物中我的目的,不是使你们熟识普通的人物,而是那些不为一般研究所知的人物,虽然他们具有伟大的文艺的重要性。至今凡是我已讲述过的这些人们,没有一个比皮科克具有更伟大的重要度了。在他的生涯中他享受了伟大的普及之后,约有数年,他被忘却了,或者是几乎被忘却了。现在对于他的文艺的兴趣又在复活了,他的作品的新版书正被那些著名的出版家们发行出来,并且在英文学中他仿佛是要占有一个永久的古典的地位。他不是一个普通作者:他之比于普通作者,就如同精选的老酒之于普通的席酒。他给文学介绍来一种新观念与新情调,并且给了我们时代的数百小才人们一些灵感。

关于他的生活有极少的事实值得一提,但这些少数是有意味的。他生于一七八五年，在早年他成为诗人雪莱的朋友。其后雪莱曾以金钱帮助他，雪莱死后，关于他们的友谊皮科克写了一篇极有趣的文章。虽然，这是颇奇异的，这样的两个人怎能总是成为朋友——因为皮科克在他一本名叫《梦魇的寺院》（*Nightmare Abbey*）的书里，曾非常地揶揄过雪莱。当然，全是以假名代替的，但每一个人必定会知道那篇小说中的希斯罗蒲·哥罗利（Scythrop Glowry）是暗指着雪莱——当他既无心弃舍了他的第一个妻而又被领有玛丽·戈德文（Mary Godwin）的欲望所捕捉的那一瞬间，雪莱是这样地被轻视了。皮科克把他描写成一个同时爱着两个女人而不知怎样好的人。对于皮科克这是滑稽的，但对于雪莱这丝毫没有滑稽味。虽然，雪莱仿佛没有被这本书真实地激怒，两个朋友总没有吵嘴。

皮科克还是一个青年的时候，便成了政府的公役，他生涯的最大部分消磨在印度官衙里。政府的公务是允许它的服役们在家里从事文艺工作的便宜——因为那只需要很短的钟点任务而给颇多报酬。有许多诗人与作家因为这种理由曾充任政府的公役。皮科克的全部作品是在他任职的时候写出来的。只包含着八本小书，但这些东西是用最精细的方法写出的，必是曾消耗了很多时间与苦工。皮科克到一八六六年才死——所以他是一个生活到极老的人。

他的作品被称为小说，但那些作品与任何人所写的任何小说都绝对地不相像，我们叫它们为小说的唯一理由，便是因为我们寻不出一个另外的名字可以叫它们了。它们不是那些我们只读一次便抛在一旁的小说，它们是极端精美一类的理智的奢侈品——我们可以重复又重复地具有欢快与趣味地读着。它们是最雅致最和善的一类讽刺文——讽刺社会的软弱、学问的空虚、青春的愚蠢、顽固的强力。为使你们理解它们具有怎样的意义，我必要告诉你们其中一两本书的大体。《海德郎厅房》（*Headlong Hall*）是一本好证例。Headlong（轻率莽撞）——关于这个词你们可以猜想出冲动的意味——这个名字用以作为威尔士绅士家族的名号，他最大的娱乐是约请学者们到他的家里，在饭桌上听他们关于种种不同定理的讨论，这家庭便叫为"海德郎厅房"。许多客人都聚集在他的房里，有神学博士，有科学家，有代表种种不同神学言论的人们，还有种种职业的代表者们。每天在桌上，他们自然地开始讨论一些流行事件，并且他们无论讨论任何种问题若想不落于争辩中是不可能的，因为这些人们的意见自然地是互相反对着。这本书的趣味在于这些人们的谈话。每一个人只说什么是真，或者说他确信什么是真的。可是，每一个人所表示出的意见与其他人所表示的意见仍是冲突的。要想把这种混乱整理出一个秩序，必要具有像赫伯特·斯宾塞那种系统的理智。可是这种趣味是教训的趣味，其中含有讽刺，这是一种极优良极高尚的绅士的讽刺，他们没有恶恨，并且没有无原因地伤任何人的感情。这一类的另一本书是《格里尔·格兰治》(*Gryll Grange*)——次于《海德郎厅房》，我要推荐这本书。《格里尔·格兰治》也是一本会话的讽刺作品，但是规模更小。主要的人物是一个牧师，一个伟大的学者，一个具有广大智识与经验的人——他没有说过任何无尊严的事，任何非惯例的事，任何异教的事。但仍然他所说出来的事情你不会觉得是无误的。他总是错误的，虽然，以逻辑实例证明他总是对的。一个人可以叫这本书为对于逻辑价值的精美的讽刺——正如同一个人可以叫《海德郎厅房》为对于一般哲学的讽刺。《格里尔·格兰治》只是写于一八六〇年，因为皮科克生活到很老。这本书有一种高于其他书的价值，这种价值完全因为它是那些连续的书籍的最后一本：它描写英国生活中的一些事情，而那现今仍然是存于其中的。《海德郎厅房》只是稍老样式的了——这种英国中产人们的生活自从那本书出世后已经变了很多。

除去那些已经提到的书籍之外，皮科克写了《梦魇的寺院》、《梅林库尔》(*Melincourt*)、《玛丽安少女》(*Maid*

Marian)、《蔼尔芬的不幸》(*The Misfortunes of Elphin*)，几卷诗歌。《梦魇的寺院》是一本皮科克讽刺诗人雪莱的弱点的书。另外些卷也全是讽刺文——写成传奇或是小说的外形讽刺社会的愚蠢与软弱。若说皮科克在英文学中是次于斯威夫特的最伟大的讽刺作家之一，我觉得这绝不是夸大的话，但是这两个人一点都不能互相比较。斯威夫特的时代是粗暴的，斯威夫特也是粗暴的，并且他普遍地恨忌人类。皮科克的时代是我们自己的，是一种高尚的、容忍的、好性质的、知觉力远大的时代。并且他没有粗野过，没有怒恼过，没有不快过，他只是使你向着人们，向着事件大笑，并且不使你厌恶它们地大笑。这些书使你们想，世界确实像这样——充满了无数种类的矛盾，不合逻辑，怪诞与虚荣。但是当这些完全说了出来或是做了出来，你们仍遗留着一种印象，觉得世界是一个极愉快的地方，若想避免所有这些生命的烦扰，最好的方法，便是面向它们，而且好意地对它们发笑。阅读皮科克确实是一种道德训练，教会我们以一种健康的心态去对待那些最让我们烦扰的事情。把我们的怒恼、我们的虚荣与我们的狂热，在它们的本身上多少有点滑稽的这一事实，教给我们，并不会使我们喜乐，但使我们感到安适。当你觉得变为恼丧是滑稽的，你便更少恼丧了。当你能看出那最聪明的人们的意见也许是绝望地互相抵触着，你将对于任何问题，在未加长久的思索之前，在未对于你自己的才干相当地疑惑之前，要更少下肯定的意见了。假若你们问我，读斯威夫特好呢，还是读皮科克好呢？我应当说，"无论从哪方面着想请读皮科克"。在他的书里，有些讽言着英国习俗与社会的偏见的事情——除去英国人外没有人能理解多少——许是难于理解。但仍然这些讽示是算少数的，并且全部地讲，没有作家，就连斯威夫特也算上，比皮科克能用更清楚的英语写作。就连麦考利据说都曾受了他的影响，并且这两个人在文体的透明上有显著的相似。在另一方面讲，确实，他们是极不同的，因为皮科克不是严肃的，而麦考利却总是的。但讲到文艺的秀丽，很难说哪一个作家最清楚最精美。因为这些理由，皮科克的作品已经成为古典了，虽然这是十分新近的事。皮科克是一个过于智慧的作家，不能使大多数读者喜欢他，并且他不想试验着成为一个伟大的小说家。他是那些极少数不能"为读其中的故事"的作家之一：他的作品必须是为理智的娱乐而读的，或是根本不读。并且无疑地，他将要被以后时代的人们更多地读着。

与皮科克的文体的操管，有一种相联带的事实要说明，他是那些伟大的人们之一，他们认清了好的作品永远是出于辛苦的工作，并且他之所以得到他的文体，是因为他自律的特殊练习。举一个例来证明，据说没有人类的力量足以引动他立刻回复一封方收到的来信。随着环境的不同，他肯消耗三天，或是一个星期，或是更长久的时间，来答复一封信，并且大概每一封他所写了的信，在未付邮之前是要抄写多次的。大概，人们会设想，像这样的小心指明了某种人格的懦弱——惧怕偶然地显露出自己的不高贵或滑稽——或者是惧怕使自己被那些念于复仇的通信的人们得着利益。但在皮科克的这种情形下，是没有这样的含意。关于这件事他曾极坦白地解释过，"假若我允许自己，"他说，"不小心地写了一封平常信，我一定早晚会不小心地写出许多页的书籍来。"事实上，他的全部作品中，没有一句不细心的句子。但又像那最好的作品一般地，一点都显示不出任何做作。那是一种最难的文体——因为它读着好像是一个人的谈话，丝毫显示不出苦难。你们只能借着艰难的文艺的经验，才能理解这文体的真实价值。

关于皮科克还有一件事要说。他的长诗试验是无价值的，他的才干不在于那一方面。但他是一个优秀的短歌作者，特别是滑稽歌与酒歌。你们将会寻到那些是散在他的小说中。大概，当写它们的时候，他把它们想为没有什么意思的东西了，但是它们现在被认为是有史以来这一类的最好的作品。

# 附录一
# 布莱克——第一个英国神秘学家
（Black—The First English Mystic）

不只在一点上，布莱克是十八世纪最伟大的诗人——大概不是在于他所作的全部，而是在于其中最好的部分。假若我们列他为二流诗人，那主要是因为他的伟大工作的小量，而不是因为他在任何时候都比同时代的其他诗人们低劣。总而言之，他在全英国文学史中是最超群的人之一。他不只是一个诗人，而且是一个极伟大的画家。并且最后，作为第一个伟大的英国神秘家，他必须是要被记忆着的。英国没有产生许多一流的神秘作家，布莱克几乎是独立着的。在这种关系上给他寻求同伴，我们必须在英国的外面找去。他是属于那在外国被斯威登堡与雅各·波墨（Jacob Boehme）所代表的神秘家的阶级里。

但在这里，首先让我们给神秘派下一个定义。今天它是一个具有极宽广意义的名词，从前它的含意更有限制。

起源时这个名词是宗教上的，用教会的语言说，一个神秘家是一个直接从上天得到感应而写作或是论说神圣事情的人。那时的神秘主义是神圣灵感那样的情况。其后，形而上学的哲学论定一个神秘家是相信从宗教信仰与冥想而可能得到那无论从理论或是意识所不能悟解的一切智识的人。更其后，也便是今天，我们忖度神秘主义是信仰任何形式而可能与那不可见的世界交通或是以随着一种宗教训练与冥想的特殊径路而得到更高的智识。的确，就是那只相信这种可能性的人是适当地叫他为一个神秘家。这样，今天欧洲的许多作家，他们相信最高的智识可以从研究印度哲学与佛教得来，是被唤为神秘家，正如数世纪前"基督梦想者"被称为神秘家一样，这个词，大概如你们已经忖度过了的，是与神秘的意义极接近了。用最简短的可能的方法，我们可以将一个相信从任何种类的宗教信仰能够得到超人智识的人，定义为一个神秘家。现在布莱克，用我们试着定义的这个词的每一种意义上看，是一个神秘家。他是一个基督神秘家，一个反基督神秘家，并且以这个词最现代的意义来看，几乎是一个神智学上的神秘家。

关于这个奇异的人是属于十八世纪英文学中最散文的最不幻想的时代的这种事实，完全没有一点不是奇异的。除去关于完全形式的而外，那是一个几乎没有真实诗的时代，并且在它干枯的文学沙漠中，布莱克像一种具有不熟识的色彩与更不熟识的香味的奇异野花般地开放着。关于他的生涯我必须告诉你们几种事实，那是极有趣的，并且我想你们将以为那是极奇异的。

布莱克于一七五七年生于伦敦，是一个酒商的儿子。他的家族曾大受斯威登堡教条的影响，所以这种事实可以在他极小的时候影响他的性格——我是说他可能从他的母亲或父亲身上承袭了一些对于一种神秘情感的性癖。总之，他走进世界来是一个奇异的敏感的与幻想的儿童，总是看见精灵与幻景。几乎当他一会说话，他便说看见一些其他任何人都不能见的东西，当他一学得了关于《圣经》故事与基督信仰的一些知识，他便时常看见僧正与预言家与天使们来回地走着，而且他时常同他们谈话。有一次他说他看见了圣父上帝从一个窗间看着他。许多敏感的儿童约在七岁之前可以看见精灵、鬼怪与所有各类的东西，但是这种情形的大多数，是不久幻想便会消失，而布莱克在全生涯中总遗留在这种儿童的幻境中。事实上，他可以说是伴着精灵度过了他一生的大部分，反倒与真实的男女们握着极少的交流。世界是易于判断这样的人为疯狂，并且无疑地在他全部生涯中，布莱克是有些疯狂的。但是他的疯狂，并不阻止他变为一个伟大的诗人与一个极伟大的艺术家，的确，那帮助了他。

把他送到学校里去是危险的，因为他太脆弱太幻想了。他只是在家里受教育，直到他大得能够学习买卖了。他的父亲命他向一个雕刻家学徒，当他在学徒期内，他给了惊异才干的证实。在这个时间关于他流传着一件奇异的故事。有一天，他的父亲把他领到一个名叫黎朗子的极成功的雕刻家书斋去，只是在屋里停了几分钟后，他小声对父亲说："父亲，我不喜欢那个人的面孔，他看着好像在某一天是要被绞杀的"。说来奇怪，黎朗子这个人在几年后因为伪造罪而被绞杀了。

成为佣人雕刻师后——这也便是，一个人学完了学徒，并且能够博得最高的付价——布莱克在旁人的服役下只是停留了很少的时刻。他的志望是变为独立。他是那些永不能被诱导地顺从于他们所不欢喜的规则下的人之一，并且他是不能正确地做他所要做的事情的一个人。这期间，在爱情中经受了一种严重的失望后，他同一个姑娘结婚了，那个女人成为他的一个优越的妻子，分领着他奇异的思考，并且大概相信是没有旁的妇人可以做得了的。侥幸他们没有儿童，因为布莱克定命为使他其余的生存生活于贫穷中。他建设了一个事务店，在那个事务店里，他用了全部时间出版与绘图自己的书籍。有一个时候他被他的弟弟罗伯特帮助着，但是罗伯特年轻地便死了。其后布莱克说，罗伯特曾到他这里来，并且教给他一种在铜板上雕刻的新机械的制法。无论这是否是幻想，布莱克确实发明了一种新的印刷方法，他相信他是从死了的弟弟的精灵学来的。这种制方现在仍被用着，但是已经有过极大的改良了。为以这种方法印刷他的诗，布莱克情愿刻了他的全部草稿在铜板的背面。他只是用黑色与白色印了他的画图，但是其后他与妻子时常用手，彩色了那绘图。那些是极惊异的绘画，并且布莱克的作品能够诱引那些伟大的画家们与伟大的诗人们的注意。朋友们捐助的钱足以维持他生存着，但是不足以供给他做所有他愿意做的事情，因为他的印刷方法很是奢侈，并且他不能卖出许多本他的惊人的书籍。在这种忍苦的寂寞工作了许多年后，他死于一八二七年了。遗留下一百卷绘图的诗与散文，他说那曾是受了天使们与神圣的精灵们的感应而写而绘了出来的。

他的妻子只比他长生了稍短的时间。当她将死的时候，她把所有这大量的珍贵稿本与无价的绘图给了一个名叫塔桑（Tatham）的牧师，他曾是布莱克的一个好友。塔桑是属于一种奇异的基督教派，名为伊尔文派（Irvingites）——他们是神秘派。布莱克夫人死后，塔桑看了那些书籍，断认那作品受了恶魔的感应。于是，不问一问任何人的意见，他焚烧了这些书籍与画图。那是些异样多的书籍，异样多的绘画，以致把它们全部烧毁竟费了两天。这确实是对文学与艺术所曾犯过的最大的罪恶之一。现今所遗留下布莱克作品的极小部分，主要地全存在英国博物馆里，并且那是无价之宝。你们必须到英国博物馆去看看它们。当作一个艺术家，布莱克对于现代画家们有过很大影响，几乎每一个现代有名的画家都到过英国博物馆去研究布莱克的作品。

在这里我们主要地只讲关于布莱克的诗。这诗自然地分成为三部分。第一部分代表布莱克还很年轻的时候的写作，并且还是在伊丽莎白时代的诗人们的影响下。第二部分包含着他寻到自己的写法后的作品，是在他相信所写的作品全是精灵与鬼怪们的工作之前的时候。第三部分包含着他生涯后期的作品，当他完全生活于一种幻觉的境况中，他相信所有他的写作是天力们诵读给他的，在这一个时期他已不相信斯威登堡，他发明出一种自己的神秘主义。他唱着一个神秘的歌死了，并且宣言他的屋里充满了精灵。布莱克已不能满意于斯威登堡，你们可以确信他的神秘主义是属于极具创造的一类了。在这里我可以提一提，伊曼纽·斯威登堡曾建设了现代基督神秘主义最超凡的一种形式——宣传《圣经》有两种意义，一种隐藏着的意义与一种明显的意义，并且他自身对于那隐藏着的意义有一种天启。所以他的教会，新耶路撒冷教会，简直从斯威登堡的天启的时季计算它们的年代。但是布莱克，在他生涯的晚年，认为他是比斯威登堡知道得更多了，并且他有自己的一种天启。

从这些事实可以想得到，主要地是布莱克青春与中年的诗，具有经久的价值。他晚年的诗——至少凡是那些被塔桑烧剩下了的——几乎是不能理解。其中有精美的节段，但是它们大多仿佛是疯狂的。奇异极了，十八世纪中另外一个在独创造上可以与布莱克相比较的也是疯狂的——那是诗人克里斯托弗·斯马特。

我将极简短地也谈谈布莱克的诗化散文。他用一种散文写了很多神秘的幻想与故事，第一眼看着极像沃尔特·惠特曼的诗。但比惠特曼的大多作品都更精美，并且那主要地是因为读《圣经》与《奥先》而得到了感应。毫无疑问，在这一方面布莱克的作品感应了柯勒律治。大概你们知道柯勒律治写了一篇惊奇的散文诗的断片，名叫《该隐的漂泊》（*The Wanderings of Cain*）。柯勒律治从布莱克得到了他的灵感，并且把它传给了布尔沃·利顿，他又把它传给爱伦·坡。这样我们可以说布莱克间接地影响了我们十九世纪的大部分文学与幻想，因为几乎十九世纪的任何作家，没有人一点不受爱伦·坡的影响。

现在让我们转到诗来。布莱克最初并没有达到他单纯的强壮的统御。最初他极像伊丽莎白时代的诗人，所以他曾被叫为伊丽莎白时代最后的诗人。他模仿斯宾塞与莎士比亚时代的抒情诗人。但就是在他的第一期，他告诉我们对于他的时代的诗歌——对于德莱顿与蒲伯派——他觉到怎样地不满意，并且他把这种不满表现在极美丽的歌中，那已经变为不朽的了——

### 给神诗

无论是在艾达的阴暗的额上，
  或是在东方的寝室中，
太阳的寝室，那现今，
  古代的美调已经停声；

无论是在天中，你漂荡的佳人，
  或是地上的碧绿的角隅，
或是空中的蔚蓝的境界，
  那里美调的风曾经生长；

无论你徘徊在结晶的石上，
  在海的胸怀下，

漂泊在许多珊瑚丛中，
　美丽的九位诗神，弃舍着诗歌；

你曾怎样离开了古代的爱
　那使你欢快的古歌者！
沉钝的琴弦几乎已不再动，
　音浪是勉强的，调子是稀少！

　　十八世纪的诗中，缺少感情的原质，缺少美与真的更深明意义，在这里很好地表明了。蒲伯的时代确实是九位诗神从英国脱逃了的时代。用"古歌者"这个名词，布莱克当然是指着伊丽莎白时代的作家们说的，在形式上他们不时常写像蒲伯的韵文般同样正确的韵文，但以诗的真实的意义讲他们比蒲伯是更无比伟大的诗人，诗是一些应当刺动我们情感的东西，或者使我们产生新思想。无论哪种作品不能占有这一面或是另一面，也许是很好的韵文，但它不是诗。在这里布莱克是对的。他能怎样地模仿"古歌者"，在这篇小歌中显示出来，现存的最伟大的英国批评家称它为"不可言传的美调"——

　　回忆，这儿来，

响起你的愉悦的歌调：
并且，当你的音乐
　　飘浮在风上，

我将凝视着溪流
那儿叹息着的情人们在梦想，
他们走过的时候
在薄弱的玻璃中我垂钓着幻想。

我将饮明净的溪水，
　　听红雀的歌唱；
并且卧在那儿
　　过一天的梦想；

夜来了我将去
到那适合哀伤的地方，
怀着寂寞的悲愁
顺着黑暗的谷间闲走。

这两篇诗文立刻证实给我们，我们像是在赫里克（Herrick）那样一个自然爱好者的面前，或是像莎士比亚时日的歌者。蒲伯的流派不能作出任何这样的作品。一种美丽的观念是关于在河中"垂钓着幻想",我们都会做这样的事情,当我们看守着一条明净的河水流动的时候,但是我们中有多少人能够以这样的字句表现出我们的所为来?

在《天真的歌》与《经验的歌》里,我们寻到布莱克真实的调子——神秘的调子,类似表现得几乎幼稚的单纯——的最初的吐露。关于这些题名的意义让我说一说。《天真的歌》被认为是代表欢快童年中的心灵状况,或是我们尚未理解世界的苦难的人生时代。另一方面,《经验的歌》被认为是在我们已经理解了人生痛苦的事实之后而反射着我们的思想的时候。属于第一类歌中的几篇,已经收入几乎所有的英文诗选集中了——如同《羔羊》(*The Lamb*)、《春》(*Spring*)、《婴儿的欢快》(*Infant Joy*)。现在所有的儿童们暗诵了这些。我不认为我必须给你们引来其中的任何篇。但《经验的歌》不是那样为一般人所知——假若说形式是为人所知的,意义则不是很好地为人所理解。在这里有极奇异极可怕的东西,以可能最轻柔最静寞的方法表现出来。例如,这一篇你们以为怎样?

**一棵毒树**

我同着我的朋友生气:

我说出我的恼怒，我的恼怒于是止息。
我同着我的敌人生气：
我没有说出我的恼怒，我的恼怒于是长起。

用我的眼泪在恐惧里，
晨夜地把它刷洗；
以微笑暖曝着它，
并且以那轻柔欺骗的奸计。

它日夜地生长着，
直到结了一个光明的苹果，
我的敌人看视着它闪光，
他知道那是我的领有——

偷进我的花园
当着黑夜把天空隐蔽；
清晨欢快地我看
我的敌人伸展在树的下边。

  从这样的一首诗里，你们可以解释出很多不同的意义。在许多事情中，它强烈地暗示着某种东方思想，关于看不见的复仇思想的影响。但是用不着太远地搬运比较的应用，这样说便足够了，那韵文优秀地叙述出隐藏着的愤恨比诸于说出来的怒恼的危险特质。这首诗你们读得越多，就越能在其中寻出新发现。

布莱克的单纯是属于极欺诈的一类，例如，那些在表面上虽是儿歌，而时常显示出一种深刻的意义，足以使一个哲学家三思。大概你们知道布莱克的那首小诗，关于一个小姑娘失落在远远的深林里，被狮子保护着。那很美丽，所以儿童们能够暗诵它。但它定然受了那种以为虎与狮不能杀害一个处女的中世纪的奇异信仰所感应，并且那首诗更深刻的意义是一种天真的魅人力。或者看一看关于一个苍蝇的这首诗——这是一件多么小的琐事啊！但它仍然能使一个人思索那么多呢。

### 苍蝇

小小的苍蝇，

你夏日的玩游

我无心的手

擦损了你的生命。

我不是像你一样

一个苍蝇?
你不是似我一般
一个人?

因为我跳舞,
饮酒而且歌唱,
直到一个盲目的手
将擦掉我的翅膀。

假若思想是生命,
是呼息,是力量,
那么思想的缺少
便是死亡。

所以我总是
一个快乐的苍蝇,
假若我是生
或者假若我是死。

它看着像是一首无意义的押韵诗,但它不是的。诗人无心地杀死一个苍蝇,这个小小生命突然的死使他想到关

135

于人生的大神秘。他问在万物的永恒法则上，一个人的生命与一个苍蝇的生命之间，有什么不同呢？人们不是很像苍蝇一样地生活着么？总是想着快乐，永不或是很少地想到死。生命是什么呢？假若我们所叫的那心灵是真实的生命，那么死亡是没有什么关系的，因为就不会有真实的死亡。但这问题没有解答。它只被提出，你自己必须要思想出这解答来。试验着这样做，你将发现这篇诗一点都不简单。

但是让我们拿来更少玄秘的东西。

### 一个失掉了的小儿童

没有东西爱旁的像爱它自己，
或是同样地尊敬旁的，
或者知道一个比它自己更伟大的
在思想上是不可能的。

"父亲，我怎能更多地爱你
　或是我的任何兄弟？
我爱你像那在门边
　啄食着碎屑的小鸟。"

牧师坐在一旁听见了这儿童；

  在战栗着的热意中他捉住了他的头发，

他拽着他的小衣服领着他，

  所有的人们全赞羡这僧人的尽职。

高高地站在祭坛上，他说：

  "看哪，这里是怎样的一个恶魔！

他指示出理论来判断

  关于我们的最神圣的神秘。"

哭泣着的儿童不能被人们听见，

  哭泣着的父母徒自悲啼；

他们剥裸到他的小衫，

  并且把他缚在铁索链中，

于是焚烧他于神圣的场地

  在那里许多人们是曾被烧毁：

哭泣着的父母徒自悲啼。

  这样的事情是曾行在阿尔比安的岸边？

  异端审问所的全部历史被叙述在这首小诗里。但是初读，你们大概不能捉住它的意义，除非你们熟悉基督教义。最主要的是先要明白基督教吩咐人们爱他的邻人像爱他自己，并且比爱他自己更甚地爱上帝。一个儿童是被想为同着天父辩论问题了。他说想使任何人爱旁的像爱他自己是不可能的，并且使单纯的心灵想象出心灵的任何事比它自身更伟大是不可能的——这种表白在儿童的观念里十分真实。儿童问道："我怎能比我所爱你们的更多地爱你或是我的任何兄弟？我爱你正如同一个小鸟爱那给它食物的人。"因此他被活着焚烧了。这首诗让我们产生惧怕的情感，因为小天真儿童成为了牺牲者，事实上，宗教执行者很少烧十六岁以下的儿童，除非是当普遍异端者被大屠杀的时候。但诗人为他的教训的目的而用这儿童人物是十分正当的。实际上，在永恒力的眼界中，在最高智慧的眼界中，我们全是像小愚傻的儿童，并且我们在彼此相互的残忍中是特别地愚傻。在他叙完他所说的故事后，他问道，这样的事情是曾行在英国么？这答语是，它们是做过了数百次的，不只是被罗马教徒，有些时候也是被新教徒——他们时常显示出一种顽固与残忍，十分配得上黑暗时代。以一种天真小故事的形式表现出一种怕人的真理，那是伟大的艺术，布莱克在我们方才读过的小诗中令人赞羡地显示出这种艺术来。

让我们现在拿一篇小摇篮歌来看。你们知道，一篇摇篮歌，是一个母亲使她的孩子沉睡下去而唱出的歌。这首儿歌，无论如何，不是为儿童们的，只有那些关于人生的神秘与哀愁曾有过很多思想的人们才能真实地了解它。但仍然，在你们未读到最后一行之前，我不认为你们会容易猜到它的意义。

**摇篮歌**

睡呀，睡呀，光辉的美丽，
梦在夜的欢快里；
睡呀，睡呀；在你的寝睡中
小小的哀愁坐而微泣。

甜蜜的婴儿，在你的脸里，
轻软的希望我能寻迹，
秘密的欢快与秘密的微笑，
小小美丽的婴儿的奸计。

我抚着你最柔软的四肢，
那像是清晨的微笑，偷过
你的颊上，与你的胸脯

那里你小小的心儿在停留。

*啊，狡猾底奸计匍匐在*
*你的小小沉睡的心怀！*
*当你的小心儿醒了，*
*于是那可怕的光线将要破开。*

我把最后的两行斜写了，因为它们是全部意义的钥匙。这些是一个父亲的思想，看守着他的儿童睡眠。有时儿童的梦是欢快的，于是小脸微笑了。有时梦是恶的，于是这小孩儿在他的沉睡中微泣，这个父亲有些像这样想："痛苦与快乐——它们甚至来到这沉睡着的儿童身上。在这小小的脑中与小小的心里闭锁着多少惊奇的事，未来可能的事与更大的快乐与痛苦。这些只是一个儿童梦中的哀愁与欢快，但所有的我们不是像儿童们的梦么？无论怎么说童年的全部是一个梦。男子时期与妇女时期是觉醒的时候！于是因为更多的知识，有了更大的痛苦。当一个小儿童长成了一个大人，当他已经知道了人生确实是怎样的时候，他必须忍受的痛苦将是多么怕人呐！"

现在我们有另一篇奇异的小诗，与《一个失掉了的小儿童》形成了姊妹篇，名为《一个失掉了的小女孩儿》——正是像《天真的歌》中描写许多狮子怎样看护迷失了路途的女婴儿的极美丽的小诗一样。但这具有同样题名的第二首诗不是一篇天真的歌,而是一篇经验之歌,在这种情形下狮子并不来看护漂泊的少女。

### 一个失掉了的小女孩儿

未来时季的儿童,
读着这愤怒的书页,
知道那在从前的一个时代
爱,甜蜜的爱,是被想为一种罪恶!

在黄金的时季,
绝离了冬天的冰冷,
青年与活泼的少女,
向着神圣的光辉,
裸露在日光的欢快的光线里。

有一次一对青春的配偶,
充着最轻柔的顾虑,
遇在光灿的花园里
那儿神圣的光辉

正在打开暗夜的帷幕。

那里,在升起的白日里,
在草地上他们游戏;
父母们在远方,
不熟识的人们也未来近边,
那少女不久忘记了她的恐惧。

为甜蜜的吻爱所疲倦,
他们同意再会
当那静默沉睡的波浪
浮在天庭的大海上,
并且在那疲倦的漂泊者们微泣的时光。

向着她的白发的父亲
来了这活泼的少女;
但那老人的可爱的面孔,
像是一本神圣的书,
所有她的四肢恐怖地震颤。

"欧哪,苍白而软弱的,

对你的父亲明说！
啊，那战颤的惧怕！
啊，那凄惨的忧虑，
动摇了我白发的花！"

这篇奇异的作品是什么意思呢？喔，它是伊甸花园的老故事，以一种现代的应用重新复述了一遍。布莱克假装谈论黄金时代，那永久的夏日与天赋的纯真的时代，但他实际上是谈论现代英国生活。这位天真的女儿并没有被教给——像一个女儿应当被教训的——怎样看管她自己，而是可以与黄金时代的夏娃相比。取她的欢心很容易，因为凡是告诉她的，她是确实地相信，并且假若引诱者答应与她结婚，她便十分满足了。她不相信真实的爱能成为极坏的，当她的父母发现她被某一个靠不住的人欺骗了的时候，她才最初地发现那是能变为怎样地坏了。没有更可怕的事情能够遭遇在一个人身上，比起在英国一个女儿被人所诱奸的遭遇。不只是她的家族被侮辱了，这个女儿在每一种可能的方面都被败坏了，毁灭了，实际地被暗杀了。因为没有更残忍可以与英国社会对一个做错了事的女儿的残忍相比。她不能停在家里，在多种场合下就连她自己的父母都不能保护她。在任何家族里她全没有寻到工作的可能性。

就是在一个工场里或是在任何她的历史为人所知的地方她都不能寻到工作。在她的上边有一种压力，那是全世界的重量，强迫着她走进娼妓的生涯。但那个作给她无限量罪恶的男人是不受责罚的。并且在许多种情形下，这个女儿是因为爱，因为信实，因为善良与她纯洁的心而为人所愚弄。这首诗的目的是使英国读者反省自身，判断爱情的错误像世界曾经判断他们的那般残忍是确实地正当么？但是像禅宗的伟大的教训者们一般地，布莱克暗示问题而不给予解答，你必须自己去想解答。在这本书的艺术的布置中，这些失掉了的小女孩儿们的最初的一个是被许多狮子保护了，因为她是纯真的。而同时这些失掉了的小女孩儿们第二个是被她自己的父亲所惩罚了，因为她已经失掉天真了。这是那位诗人要你们思索对比的。这样的事情它是对或是错，他不辩论，他只告诉你们这些事情是怎样的。

这位诗人极欢喜思想的强烈对比，我能给你们另一类的十分惊异的一个例。在《天真的歌》里有一首小诗名为《圣像》（*The Divine Image*）。在这首诗里那不自私的多种美德是当为神圣的而论说着，并且那个实行它们的人因为这些实施据说变为一个上帝的像了。我将引来诗中的几节。

　　*向着慈悲，怜悯，平和与爱，*

所有的人们祈祷在他们的悲痛里，
并且向着这些欢快的美德
　　报还了他们的谢意。

因为慈悲，怜悯，平和与爱
　　我们的父，上帝，是亲爱的；
并且慈悲，怜悯，平和与爱
　　是人，他的孩子与护佑。

但是在那名为《善与恶的思想》（Ideas of Good and Evil）的诗集中，同样的题材是以一种不同而极惊人的方式讨论着。

我听见一个天使唱歌
当春日来临时：
"慈悲，怜悯与平和
是这世界的解脱。"

这样他终日地歌唱
在那新刈的草堆上，
直到太阳西落了，

并且那些草堆看着是棕黄。

我听见一声恶魔的诅咒,
在荒地与荆棘上:
"慈悲将不再有
若没有人们是贫穷,

"并且怜悯也将不有
若是所有的人们全像你一样地欢乐。"
在这诅咒下太阳西落了,
天边显示出愁皱。

暴雨倾注
在新收获的粮上;
那不幸的增长
是慈悲,怜悯,平和。

大概你们知道那种哲学定理,关于这样的情感,例如慈悲、怜悯、自我牺牲等在一个绝对完整的世界里之不可能。这些美德是在那需要它们的地方存在着,但是在一种无需它们的社会状态里,它们将不会存在。无论如何,那恶魔在这里所愿暗示的是，在这世界里我们有了更多的情欲，这世界也便更不幸。至于讲到平和，最好的保证是要彼此相互畏惧。平和也许一点不是借着善意，而只是借着恐怖的标征。天使与恶魔双方的表明全是十分地真实，它们很多是相互矛盾着，你们必须试验着相信它们双方，因为假若你们只想着那恶魔的话，世界对于你将是黑暗的了。

一种同样奇异的思想可以在《经验的歌》里名为《人性的抽象》(*The Human Abstract*)的一篇中寻到。这是一篇极狞恶的诗。以一种神秘的方法，它表现着在这世界里想成为善良的困难，并且暗示出所有的生命是被自私管理着。大概从厌世的立脚点来看，我们可以叫它为人性理知的一种抽象的历史。

> 怜悯将不再有
> 假若我们不使一些人们贫困；
> 慈悲也并不能有
> 所有的若全是像我们一般地快愉。
>
> 相互的恐惧携来平和，
> 直到那自私的爱情增长，

于是残忍织下一个陷阱，
小心地撒了他的饵食。

他具着神圣的恐惧坐下，
用眼泪洗地；
于是谦虚取了它的根底
在他的脚下。

不久展开了"神秘"的凄惨的阴影
在他的头上；
并且那毛虫与苍蝇
生存在"神秘"之上。

它带着欺骗的果子，
食着是香而甜蜜，
乌鸦作成了他的巢窟
在它的最深厚的阴影里。

地与海的众神们
遍经自然我寻这树；
但他们的寻觅全是徒然；

在人性的脑中生长着一棵。

初读稍稍难于理解，但是一种说明的大纲将使它清楚。这位诗人的意思是，在几乎每一个人的脑中，包含着人类全部历史的一些东西，具有它所有的恶点与美德。他描写这部历史当作一种进化——像一棵树的生长。人的恶德曾是缘于过往的贫乏。当贫富之间的分别建设了起来，于是富者与强者变为残忍、压迫。经过了以武力的压迫时代，迎来了以优越的狡猾与欺骗的时代。大概诗人所暗指的，在今天我们可以称为工业的压迫。"神秘"——这位诗人的意思是那古老的宗教，"毛虫与苍蝇"——他的意思是借着宗教而生的古代僧侣，用他们的势力助长强者反抗弱者。因此最后这种事情的情况创造出伪善，诗人称它是"欺骗的果子"，所以现在我们必定这样生存着，每一个人提防着他的同伴，并且若不具有谨慎的小心不能说明他的爱的思想。他想，在许久之前，我们不是这样的，但是我们被过往的残酷造成了这样。

他时常以惊人的方式说出一种极深刻的思想。那是一个老问题，是否爱是自私的——我是说男女爱情。关于这事体这位哲学者是没有犹疑的，但诗的幻想总是试验着主张情欲的不自私。但他作出一块土块——那是，一块粘土——同着一块小石子谈论这个题目,并且表示出这问题的黑暗一面。

"爱不是为快愉它自己而寻觅,
或是为它自己有任何的顾虑。
而是为旁人施给它的爱护,
并且建设了天国在地狱的绝望里。"

一小块粘土这样地唱歌,
具着家畜的脚而跳跃,
但是小河的一块石子
歌啭出这样的节调:

"爱只是为快愉它自己而寻觅,
缚束着旁人于它的快愉,
欢快旁人的安乐的失掉,
并且建设了地狱在天国的轻蔑里。"

为什么诗人应用泥土与小石子作为人物呢?我不认为任何人是知道的。我们可以幻想着,轻软的泥土表现人性较温和的一面(你们知道,那常常是当作人性泥土而说的),小石子意思着人性硬的一面,但这只是猜想。这种事实在它的本身里没有说明。但这些诗是有趣的,因为你们将寻到两种互相矛盾的说法在某种意义上都是十分正确的。看似矛盾的东西实际上并非如此。它只是对立面的呈现。

我将只给你们这种奇诗的另外一例,题名为《微笑》(*The Smile*)。

有一种爱的微笑,
有一种欺骗的微笑,
并且有一种微笑的微笑,
在那里这两种微笑相遇。

有一种恨的愁眉,
有一种轻蔑的愁眉,
并且有一种愁眉的愁眉
那你是徒然想要忘却。

因为它黏在心的深底
它黏在脊骨的内里——
并且没有微笑曾微笑过,
但只是一种单独的微笑,

> 那是在摇篮与坟墓之间
> 它只能微笑一次：
> 并且当它一次微笑了，
> 所有的不幸是已止息。

那包含着爱与欺骗的微笑也许是一个善意的微笑，也许是一个恶意的。因为一种良善的目的，我们时常和善地被欺骗了。第二与第三节诗，特别是第三节，包含着一些困难。那"愁眉的愁眉"定然是关于死的，但什么是那与它相联而提的微笑呢？这首诗曾难住了几个注释者，但我想，布莱克的意思是指死的大笑，骨骸的狞笑，那确实是只笑一次的，并且永久不变，在其后也确实是不幸的终止。在这种关联上这四节诗还可以供给另外的一种意义。它们可以显示给你们布莱克有些时候是多么狂想的，并且是多么难于理解。在他的后半生涯他所写的种种不同的诗包含着相似的古怪与朦胧，但它们时常包含着一些使你思想的东西——并且多多地想了时，因为他所贡献给你的好东西的缘故，你将情愿忘了这位诗人的缺点。

关于布莱克我已经说得足以使你们理解他的影响的本质了，那影响曾经是并且现在仍继续地是极大。曾有过另外的英国神秘作家，但在布莱克之前是没有另外的诗人以同样的语言——儿童的语言——表现他自身的。你们将观察到，我所引给你们的几乎任何诗篇，全是以儿童语言写成的，并且可以被一般男女儿童们读着，而他们将永不会猜到那诗的背后的深刻意义。在我们自己的时日，每一个重要的诗人关于布莱克曾下一番专心的研究；大概没有一个维多利亚时代的诗人未曾从他那里学得了很多，这是他的主要的光荣。

# 附录二
# 专有名词翻译对照表

| 原文 | 侍桁 译 | 今译 |
|---|---|---|
| Anna Seward | 安哪·许瓦特 | 安娜·苏厄德 |
| Arabia | 亚拉伯 | 阿拉伯 |
| Augustan | 奥迦斯坦 | 奥古斯都 |
| Bagdad | 拜哥戴德 | 巴格达 |
| Berkeley | 勃克利 | 伯克利 |
| Bernard De Mandeville | 曼德微若 | 伯纳德·曼德维尔 |
| Bizet | 毕翟 | 比才 |
| Bulwer Lytton | 布尔窝·李屯 | 布尔沃·利顿 |
| Byron | 摆伦 | 拜伦 |
| Cain | 喀印 | 该隐 |
| Chambers | 陈勃斯 | 钱伯斯 |
| Chamisso | 喀密骚 | 夏米索 |
| Charles Darwin | 查利斯·达尔文 | 查尔斯·达尔文 |

| | | |
|---|---|---|
| Charles Reade | 查利斯·利得 | 查尔斯·里德 |
| Charles Robert Maturin | 查利斯·罗伯特·马屠林 | 查尔斯·罗伯特·马杜林 |
| Christopher Smart | 克利士陶佛·斯玛尔特 | 克里斯托弗·斯马特 |
| Churchill | 车迟意尔 | 丘吉尔 |
| Cintra | 新特拉 | 辛特拉 |
| Coleridge | 高勒利支 | 柯勒律治 |
| Defoe | 狄佛 | 笛福 |
| Dryden | 德莱典 | 德莱顿 |
| Edgar Poe | 艾得迦·波 | 埃德加·坡 |
| Elizabethan | 霭丽扎贝斯时代 | 伊丽莎白时代 |
| Emanuell Swedenborg | 蔼曼奴霭尔·斯威典包尔哥 | 伊曼纽·史威登堡 |
| Erasmus Darwin | 霭拉斯码斯·达尔文 | 伊拉斯谟斯·达尔文 |
| Frankenstein | 傅郎根施探 | 弗兰肯斯坦 |
| George Borrow | 乔治·包罗 | 乔治·博罗 |
| Gipsy | 基蒲希斯 | 吉普赛 |
| Goldsmith | 戈尔德斯密 | 戈德史密斯 |
| Gray | 哥雷 | 格雷 |
| Gryll Grange | 哥利尔·哥兰支 | 格里尔·格兰治 |
| Hardrian | 哈专 | 哈德良 |

| | | |
|---|---|---|
| Herbert Spencer | 赫勃特·斯奔塞 | 赫伯特·斯宾塞 |
| Hermon | 赫孟 | 黑门山 |
| Herrick | 海立克 | 赫里克 |
| Huxley | 赫胥离 | 赫胥黎 |
| Irvingites | 艾尔文基特 | 伊尔文派 |
| Isaac Newton | 意撒克·牛顿 | 艾萨克·牛顿 |
| Jacob Boehme | 翟克勃·包蔼姆 | 雅各·波墨 |
| Johnson | 蒋生 | 约翰逊 |
| Le Fanu | 路·法努 | 勒·法努 |
| Macaulay | 麦考雷 | 麦考利 |
| Maria Edgeworth | 马丽亚·霭支窝斯 | 玛利亚·埃奇沃思 |
| Marlborough | 玛尔包罗 | 马尔博罗 |
| Matthew Arnold | 麦苏·阿诺尔德 | 马修·阿诺德 |
| Matthew Gregory Lewis | 麦苏·格利高利·路易斯 | 马修·格里高利·路易斯 |
| Middlesex | 密都尔塞克斯 | 米德尔塞克斯 |
| Pope | 波蒲 | 蒲伯 |
| Pre-Raphaelite | 先拉菲尔派 | 拉斐尔前派 |
| Prosper Mérimée | 普罗斯佩·梅丽妹 | 普罗斯佩·梅里美 |
| Robert Browning | 罗勃特·布朗宁 | 罗伯特·布朗宁 |

| | | |
|---|---|---|
| Robert Louis Stevenson | 罗勃特·路易斯·史蒂文生 | 罗伯特·路易斯·史蒂文森 |
| Southey | 苏塞 | 骚塞 |
| Sterne | 斯特荣 | 斯特恩 |
| Swift | 斯微夫特 | 斯威夫特 |
| Tatham | 台萨姆 | 塔桑 |
| Tennyson | 田尼孙 | 丁尼生 |
| Thomas Lovell Beddoes | 卓马士·洛凡尔·贝多斯 | 托马斯·洛维尔·贝多斯 |
| Thomas Love Peacock | 卓马士·勒夫·皮珂克 | 托马斯·洛夫·皮科克 |
| Voltaire | 窝尔泰尔 | 伏尔泰 |
| Walpole | 哇尔波尔 | 沃波尔 |
| Walter Savage Peacock | 窝尔特·赛威支·兰德 | 沃尔特·萨维奇·兰德 |
| Walter Scott | 窝尔特·斯歌德 | 沃尔特·司各特 |
| Walt Whitman | 窝尔特惠特曼 | 沃尔特·惠特曼 |
| Webster | 魏勃斯特 | 韦伯斯特 |
| William Beckford | 威廉·贝克佛德 | 威廉·贝克福德 |
| Wiliam Blake | 威廉·布雷克 | 威廉·布莱克 |
| Wordsworth | 窝慈窝斯 | 华兹华斯 |
| Wurtemberg | 微尔田贝尔希 | 符腾堡 |
| Zen | 翟恩 | 禅宗 |

### 图书在版编目（CIP）数据

文学的畸人 /（日）小泉八云著；侍桁译. -- 修订本. -- 上海：上海文艺出版社，2025. -- ISBN 978-7-5321-8977-9

Ⅰ．I313.094

中国国家版本馆CIP数据核字第2025TT2361号

责任编辑：余　凯
插　　画：陈炜枫
封面设计：人马艺术设计·储平

书　　名：文学的畸人
作　　者：［日］小泉八云
译　　者：侍　桁
出　　版：上海世纪出版集团　　上海文艺出版社
地　　址：上海市闵行区号景路159弄A座2楼 201101
发　　行：上海文艺出版社发行中心
　　　　　上海市闵行区号景路159弄A座2楼206室 201101 www.ewen.co
印　　刷：上海盛通时代印刷有限公司
开　　本：787×1092　1/32
印　　张：5.375
字　　数：88,000
印　　次：2025年6月第1版 2025年6月第1次印刷
ＩＳＢＮ：978-7-5321-8977-9/I.7070
定　　价：39.00元
告 读 者：如发现本书有质量问题请与印刷厂质量科联系　T：021-37910000